愛玩ホスト

～No.1の代償～

花丸文庫BLACK

真宮藍璃

愛玩ホスト　～No.1の代償～　もくじ

イラスト／石田《いしだ》　要《かなめ》

愛玩ホスト～No.1の代償～

新宿歌舞伎町、二十三時。

老舗《しにせ》ホストクラブ『セブンスヘブン』の瀟洒《しょうしゃ》なエントランスの前には、客を迎えるためのハイヤーが扉を開いて待機している。

店のナンバーワンホスト、『美紗斗《みさと》』こと原川美里《はらかわみさと》は、送り指名をくれた新規の客をエスコートしてハイヤーに乗せ、得意の上目《うわめ》づかいで微笑みかけた。

「今日は来てくれて、ホントありがと。俺、あなたを天国へ誘《いざな》えたかな？」

店の名前にかけた歯の浮くような決まり文句。高級シャンパンで酔っぱらった客がけらけらと笑い転げる。予想以上にご機嫌のようだとホッとする。

（とりあえず、楽しんでもらえたみたいだな）

小柄な体と長めの茶髪、それにほとんど童顔に近い甘い容姿から、客からよく小動物系などと言われている美里は、見た目のままの明るく屈託《くったく》のない営業スタイルが身上《しんじょう》の、二十二歳のホストだ。まとまった金を落としてくれる、いわゆる太客《ふときゃく》も多くいて、今夜来てくれた彼女はその中の一人の紹介だった。

このまま本指名をもらえれば、熾烈《しれつ》を極《きわ》めるナンバーワン争いにはかなり有利だ。そう思うと、知らず心がはやってしまう。

「週末にまた来るわ、美紗斗クン。必ずあなたを指名するって約束する。はい、これ」

客に手渡されたのは、携帯番号とメアドの書かれた小さなメモだ。思わず出そうになった笑《え》みを、必死の思いで嚙み殺す。

「ありがとうございました！　週末のご来店、お待ちしてま～す！」

深々とお辞儀《じぎ》をして、ハイヤーが見えなくなるまで見送ってから、小さくガッツポーズをする。

すると背後から、何やら空々しい拍手が聞こえてきた。一気にテンションが下がる。

「素晴らしいお手並みですね、美紗斗さん。さすがはナンバーワンだ」

猥雑《わいざつ》な歌舞伎町にはどこか不似合いな、優雅《ゆうが》な響きのテノールで話しかけられ、げんなりしながら振り返る。

予想通りそこには、店のナンバーツーホストの堂本晃《どうもとあきら》が、不気味なくらい爽《さわ》やかな笑みを浮かべて立っていた。身長百八十センチを超す長身に見下ろされ、ムッとしてしまう。

「晃……。俺の後ろに立つなって、何度言ったら分かんだおまえはっ」

「ああ、これはすみません。でも、近づかないとお話しできないじゃないですか」

「おまえが寄ってくるとチビなのが目立つんだよ！　つか、そもそも話なんかねえし！」

「……やれやれ。全くつれないですねえ、美紗斗さんは」

晃が言って、小さくため息をつく。

「私はただ、あなたのお傍《そば》でナンバーワンの仕事ぶりを見て、勉強したいだけなのに。やはり格の違いを感じますし、常々《つねづね》見習わなくてはと思っておりますからね」

美里よりも六歳年上の晃の、いつものもったいぶった敬語。店では先輩の美里に対して敬語で話すのは当たり前なのだが、この男の話しぶりは何となく嫌《いや》みで、いつも訳もなくイラついてしまう。嫌悪感《けんおかん》を隠すこともせず、美里は言葉を返した。

「……なーに殊勝《しゅしょう》なこと言ってんだか。そんな気さらさらねえくせに」

「おや、そんなふうに思うのですか？」

「あったり前だろ、バーカ。この前自分でそう言ったんじゃねえかっ」

切り捨てるように言って、さっと店の戸口へと戻る。

「無駄に俺にまとわりついてねえで、さっさと店に戻って働けよ。俺なんかには負けたくねえんだろ？　ま、こっちも負けてやる気はねえけどな！」

敵対心むき出しのそんな言葉にも、晃は軽く肩をすくめるだけだ。妙に落ち着き払ったその態度も、何だかむしょうに腹立たしい。

（こんな奴には、絶対負けねえ！）

心の中でそう毒づいて、店の扉を開ける。ナンバーワンの自負《じふ》を胸に、美里は店内へと戻っていった。

新宿や渋谷を中心に飲食店や風俗店数十店舗を展開する、ヘブン＆シー・グループ。

その旗艦店《きかんてん》とも言うべきホストクラブ『セブンスヘブン』に、晃が初めてやってきたのは、今から三か月半ほど前の、一月半ばのことだった。

美里はちょうどそのころ、店の幹部に昇進して、新人の指導監督をする立場になったばかり。初めての年上の、しかもほんの少し前まで財務省に勤めていたというこの業界にはあり得ないほどの超インテリ新人で、その上「源氏名《げんじな》に興味がない」などと言って本名のまま店に出てしまうようなド素人《しろうと》を前にして、こいつにホストなんか本当に務まるのだろうかと、最初はちょっと疑わしく思っていた。

だが予想に反して、晃は仕事ののみ込みが異様に早かった。ヘルプについた先輩ホストを上手く立てることはもちろん、ベテランホスト顔負けの巧《たく》みな話術で、主に中高年の女性客の心をつかみ、翌月の締め日には全くの新人では歴代最速のスピードでナンバーツーの座をゲット。いきなりの活躍を幾分脅威《いくぶんきょうい》に思いつつも、これも自分の後輩指導のたまものだなあと、美里は内心嬉しさも感じていた。

だが褒《ほ》めてやろうと閉店後に連れていった有名焼き肉店で、晃は心底不満そうな顔をしてこう言った。

『私は今までの人生で誰かの後塵《こうじん》を拝《はい》したことなどないのに、あなたなんかの次だなんて実に不本意です。こんな屈辱《くつじょく》を味わうのは、生まれて初めてですよ』

その言葉に、美里は一瞬呆気《あっけ》に取られてしまった。まさかそこまでホストに人生をかけるつもりで公務員を辞めたのか？　と驚き、そう聞いてみたがさにあらず。ホストになったのは、ほんの気まぐれからだという。今までやってみようと思ってできなかったことなどない、何であれトップを取れなかったのも初めてだ、などなど、次々発せられる言葉のあまりの傲岸不遜《ごうがんふそん》さに、美里はただただ唖然《あぜん》としてしまった。

だがそのひと呼吸後に、ふつふつと怒りがこみ上げてきた。

よくよく考えてみれば、「あなたなんか」というのは美里に限らず同僚のホストたち全員への侮辱《ぶじょく》の言葉じゃないか、と。

(何も知らないエリートだったくせに！)

ホストに限らず夜の世界で働く人間は、大抵《たいてい》みな色々な事情を抱《かか》えているものだ。

美里にしても、ホストになったのは両親の突然の事故死で高校を中退して働かざるを得なくなったためだし、店の誰にも知られていないが、両親の残した借金を返済しながら病気で長期入院中の妹の入院治療費を工面《くめん》してもいる。美里がナンバーワンホストで居続けなければならないのには、そんな切実な理由もあるのだ。

挫折《ざせつ》も苦労も知らず、気まぐれでホストになったようないけすかない男になんか、自分は絶対に負けられない――――。

そんなふうに、持ち前の負けん気に火をつけられた格好の美里は、この先は実力世界だからせいぜい覚悟しておけと、その場で晃に高らかに宣言したのだが、先月の締め日にはかなりの僅差《きんさ》まで追い上げられ、さすがにうかうかしてはいられないと思い始めている。

もちろん店ではそんなことはおくびにも出さず、勝気で強気な態度を続けているけれど。

「七卓のお客様、本指名入りました」

接客中の美里の耳元で、内勤のフロアマネージャーが囁《ささや》く。その声に小さく頷《うなず》き、チラリと件《くだん》のテーブルを盗み見る。

二人連れの若いキャバ嬢。以前来てくれた明るくてノリのいい子たちだ。手堅《てがた》く行けそうだと読んで、目の前の客に向き直る。

「マリちゃん、悪い。むこうで呼ばれちゃった。ちょっとだけ行ってきてもいいかな？」

「えー！　美紗斗、もう行っちゃうの～？」

「ごめ～ん。あとでちゃんと戻ってくるからさ。俺約束は守る男だし、マリちゃん、俺のこと信じてくれるでしょ？」

「しょうがないなあ、分かったわよぉ。ちょっとだけよ～？」

不承不承《ふしょうぶしょう》そう言ってくれたマリちゃんに頷いてすっと立ち上がり、ヘルプに卓を任せて席を外す。

瞬間、はす向かいのテーブルで接客する晃と一瞬だけ視線が交錯《こうさく》した。クラブママ風の熟女客は、かなりの太客のように見える。

（俺も、気合入れねぇとな……）

ライバルは気になるけれど、とにかく地道に行くしかない。色々と焦《あせ》りもするが、まずは目の前の客を楽しませよう。結局はそれが、結果に繋《つな》がっていくのだから。

それはこの一年ナンバーワンを張ってきた美里の持論《じろん》だ。元々それほど器用なほうでもないし、金はきっと、あとからついてくるものだし――。

指名客のいるテーブルに向かいながら、美里はそんなことを思っていた。

それから二週間ほどが経った、締め日も近いある日のこと。

今夜は店のナンバースリー、ヒロのバースデーイベントだ。客の入りもそこそこいい。

彼は普段、ドSキャラを売るいわゆるオラオラ営業で鳴らす強面《こわもて》なのだが、今夜ばかりはご機嫌だ。

「あざ～す！　ヒロ、一曲歌わせてもらうっす！　ヨロシクゥ！」

三度のシャンパンタワーと卓回りでベロベロに酔っぱらったヒロが言って、おもむろにマイクを握る。あの調子では三曲は歌うつもりだろう。店内の盛り上がりも最高潮に達している。

だが美里の心は、焦りでざわざわと乱れていた。さっきから携帯を眺《なが》めてはため息をついている。

「はあ……。本気でまずいな」

もうすぐ月末だというのに、未回収の売掛金《うりかけきん》が残っている。

それもあり得ないくらい多額の。

『今月、ちょっとピンチなの。お金来週でいいかなあ？』

以前からちょくちょく来てくれていた、五反田《ごたんだ》の有名ソープ『愛愛』の売れっ子ソープ嬢、ルナがそう言ったとき、美里は一瞬迷った。来店にも遊び方にもムラのある子だし、美里自身、普段からなるべく売掛金を作らないようにしていたからだ。

だがナンバーワン争いが厳しくなってきたことと、彼女が同僚を枝客《えだきゃく》として紹介してくれたことで、少々判断が甘くなってしまった。そのことを今、猛烈に後悔している。

何故なら、数日前からルナと連絡が取れなくなってしまったからだ。このままではとんでもない額の未収金が出てしまう。

（三百万、なんて）

こんなことは、もちろん初めてだ。給料から差し引けば何とか補てんできなくはないかもしれないが、客に飛ばれたことが知れたら当然ホストとしての評価は落ちるし、何よりリアルに生活に困ってしまう。

とにかく、今夜は閉店後にルナの店まで乗り込んでみよう。むこうだって客商売だし、さすがに逃げはしないだろう。少しでも回収できれば儲《もう》けものだし――――。

「……どうかしたのですか、美紗斗さん」

あれこれと考えながら店のバーカウンターに座っていた美里に、例によって晃が声をかけてくる。

全く、こいつはどうしてこう、しょっちゅうまとわりついてくるんだろう。こちらはこれっぽっちも話したくなんかないのに。

「あまり顔色が良くないですね。月末でお疲れですか？」

「別に。おまえに関係ねえだろ」

「ふふ、つれないですねえ、いつもながら」

晃がため息交じりに言って、手にしたシャンパンのグラスを傾《かたむ》ける。そのスマートで優雅《ゆうが》な仕草《しぐさ》に、何となく育ちの違いを感じてしまう。

長身の晃は、古武道をたしなんでいるとかで姿勢もいいし、動作にも無駄がない。切れ長の涼《すず》やかな目元など、まるで歌舞伎役者のようだ。ヘアスタイルはいつも丁寧《ていねい》に撫《な》でつけた黒髪、スーツの着こなしもかっちりとしていて、そのシックな外見はチャラいホストばかりの中ではちょっと異質な雰囲気を醸《かも》しているが、客観的に見ればかなりの美丈夫《びじょうふ》だと言える。

もちろん、ホストは見てくれがいいだけでは話にならない。客を盛り上げる話術や駆け引きの妙《みょう》、そして何より酒がたくさん飲めることのほうがずっと大切なのだが、晃はそのどれもそつがないのだ。全くどこまでも嫌みなホストだと思う。

「……探《さぐ》り入れてるつもりかよ、晃？」

「探り、ですか？」

「俺のシノギが気になってんだろ？　まー今月も、俺は余裕綽々《しゃくしゃく》だけどな」

ハッタリをかましてやると、晃は一瞬面食らったような顔をした。それから、にこやかな笑みを浮かべてこちらを見つめてくる。

「さすがはナンバーワンですね、美紗斗さん。ピンチにも動じない心の強さは天下一品だ。私など、とても太刀打《たちう》ちできませんよ」

「は？　誰がピンチだって？」

「ああ、失礼。そういうわけではないのでしたね。ただ、ルナさんでしたか、まだ回収できていないんでしょう？」

そう言われてギクリとする。どうしてそれを知っているのだろう。

「おまえ、何でそれを？」

「先ほど蒲田《かまた》さんと、ちょっと雑談をね」

「店長と……？」

雇《やと》われ店長の蒲田は、内勤上がりの寡黙《かもく》な男だ。口の堅い蒲田が他のホストの懐《ふところ》事情を洩《も》らすなんて、晃はどれだけ話術に長《た》けているのだろうと、ちょっと寒気がしてしまう。

でも、もしかしたら晃はカマをかけているだけかもしれない。美里は晃を睨《にら》みつけた。

「……つーかさ、だったら何？」

強気に言って、余裕たっぷりに続ける。

「もうおまえの勝ちだって、そう言いたいわけ？　だったらおあいにく様。今日このあと、『愛愛』まで俺が直々《じきじき》に回収しに行くことになってんだよ。ついでだから、ルナちゃんに日頃の疲れを癒《いや》してもらうっつーのもありかもな。何ならおまえもどうだ？」

そんな気などなかったが、煽《あお》るようにそう言うと、晃は何故だか憐《あわ》れむような顔をした。

「……美紗斗さん。もしかしてご存じないんですか？『愛愛』は、半月ほど前に閉店したという話ですよ？」

「えっ！　へ、閉店……？」

言われた言葉の意味が一瞬分からなくて、晃の切れ長の目を凝視する。晃が小首を傾《かし》げてこちらを見返す。

「ルナさんは売れっ子だったそうですね。今頃、どこで働いているんでしょうね？」

何かの間違いであって欲しい。

そう思いながら、閉店後にタクシーを飛ばして五反田まで行ってみたが、晃の言った通りルナの店は雑居ビルごと跡形《あとかた》もなく消え失《う》せていた。更地《さらち》に立つ分譲《ぶんじょう》マンションの販売予告の看板を目にして、飲みすぎた体がふらふらと揺れる。

「やられましたねえ、美紗斗さん。全く見事な飛ばれっぷりだ」

晃の嫌みなテノールにカチンときて、ぐっと拳《こぶし》を握り締める。まだ店があったらぜひ客になりたいと、出がけに強引《ごういん》にタクシーに乗り込んできたときに、どうして叩き出してやらなかったのだろう。どことなく状況を楽しむような声音《こわね》で、晃が言う。

「歌舞伎町の名のあるホストクラブのナンバーワン相手に、三百万円の踏み倒しですか。これは大変な損失ですね」

「っせーよ！　つか、分かってることわざわざ言うな！」

ピシャリと言って、晃を黙らせる。自分がふがいなくて、泣きたくなってくる。

（どうしよう……、陽菜《ひな》の手術代が……）

生活費や借金返済でカツカツの中、病気で入院中の妹、陽菜のために、毎月少しずつ貯《た》めてきた金。

もしかしたら、それを取り崩《くず》さなければならないかもしれない。症状は落ち着いているから、今すぐ手術が必要になるということはないと主治医に聞いているが、兄としては何とも情けない気分だ。

「……それで、どうするんですか、これから？」

冷静な晃の声に、ゆっくりと顔を上げる。どこか気遣《きづか》わしげな顔をして、晃が言う。

「言うまでもないですが、このままではあなたは大変な負担を負います。損失を補てんできるあてはあるのですか？　もしもないのでしたら、私が三百万円お貸ししますが」

「な……！　おまえ、ふざけんなよッ！」

はねつけるように言って、晃を睨みつける。

「おまえに金なんか借りれるわけねえだろ！　そんなに俺を笑い者にしてえのかっ！」

「笑い者に？　私が、あなたをですか？」

「そうだろうが！　客に飛ばれて何がナンバーワンだって、ホントは心ン中で笑ってるくせに！　そういうの、マジでムカつくんだよッ」

笑うなら笑いやがれと、感情に任せて言ってみるけれど、言葉は全て自分に突き刺さる。

心底やるせなくなって、プイッと顔を背《そむ》けると、晃が小さくため息をついた。

「やれやれ、全く私も嫌われたものだな。そんなふうにしか思ってもらえないなんて、悲しいですよ。私だって『セブンスヘブン』の仲間なのに」

「はあ……？」

晃の言葉に驚いて、思わずぽかんとしてしまう。ナンバーワン争いをしている相手から、まさかそんな言葉を聞くなんて思わなかった。

「おまえ今、仲間っつった……？」

「ええ、言いました。だって私たちは仲間でしょう？」

そう言って、晃が思案げな顔をする。

「ホストというのは、同じ店の中で成果を競《きそ》い合うという点では、常にシビアな競争相手です。けれどお互いに刺激し合って高め合い、店の売り上げに貢献《こうけん》していくという点では、かけがえのない仲間でもある。だからこそ、私はあなたをサポートしたいと思うのです」

青臭い言葉に、目が点になってしまう。今まで、そんなふうに考えてみたことなどなかった。まじまじと晃の顔を見つめると、晃は小さく笑った。

「こんなことを言うなんて可笑《おか》しいと、そう思いますか？　でもこれは、この数か月ホストとして働いてみて私が感じた実感です。現に今日のヒロさんのイベントだって、みんなで盛り上げたでしょう？」

「それはまあ、そうだけど」

「それに、いいですか美紗斗さん。あなたは『セブンスヘブン』のナンバーワンなのですよ？　あなたへの侮辱《ぶじょく》は、店そのものへの侮辱です。黙って見過ごすなんてこと、できるわけがないじゃないですか」

「晃、おまえ……」

呆《あき》れるほど真《ま》っ直《す》ぐな、晃の言葉。熱い義侠《ぎきょう》心《しん》を感じさせるようなそんな言葉は久しく聞いたことがなくて、何だか無条件に心が動かされる。本気でそんなふうに思ってくれているなら、それは素直に嬉しいことだけれど。

「でも、三百万だぞ？　ポンと出せるような額じゃ……？」

「確かに三百万は大金です。でも実のところ、私はこういう機会を待っていたんですよ」

そう言って言葉を切り、晃が真っ直ぐにこちらを見つめてくる。

「美紗斗さん。あなたには入店時から大変お世話になってきました。どうか私に、今までのご恩を返させて下さい。私をナンバーワンの……、あなたの、仲間でいさせて下さい」

噛んで含《ふく》めるようにそう言って、晃がいつものようににこやかな笑みを寄こす。

自分が『セブンスヘブン』の客なら、間違いなく本指名決定だなと思わせるような魅力的なその笑顔に、美里は言葉を返すことができなかった。


その後いくらか迷った末に、どちらにしても金がいるのは確かだと、美里は晃の提案を受け入れた。

そして迎えた月末の締め日。

閉店後のささやかな打ち上げの席で、胃を休めるためにソフトドリンクを飲みながら、美里はホッと一息ついていた。

晃の三百万のおかげで辛《から》くもピンチを切り抜けた美里は、今月も何とかナンバーワンの座を死守することができた。何となく複雑な気分ではあったが、二位の晃はそれでもみんなの前で美里に敬意を表してくれ、最後まで美里を立ててくれた。自分は仲間だと言った晃の言葉は、どうやら本心だったようだ。

対して、敵意むき出しで一方的にナンバーワン争いに躍起《やっき》になっていた自分。何となく恥ずかしい気持ちになる。

（あいつ、もしかしたらそんなに悪い奴じゃないのかも）

考えてみれば、高校を中退して働き始めて以来夜の世界しか知らない自分は、案外視野が狭いのかもしれない。何も知らないエリート崩れと蔑《さげす》んでいたけれど、もしかしたら晃は、美里よりもずっと広い視野でこの仕事を見ているのかもしれない。彼と付き合うことで、何か新しい世界が開けるかも――。

「美紗斗さーん、何だオレンジジュースっすかあ？　打ち上げくらい飲みましょうよお」

低い声に振り返ると、今月もナンバースリーだったヒロが、水割りのグラスを持って立っていた。誕生月のせいかいつも以上に悔《くや》しがっていたヒロは、どうやら自棄酒《やけざけ》に走っているようだ。

「連続ナンバーワン記録、また更新っすか。やっぱ敵《かな》わねっすねえ、美紗斗さんには。マジぱねェし。美紗斗さんに比べたら、自分屁みてえなもんっすよ」

入店時期は美里より遅いが、『セブンスヘブン』へ来る前に六本木でホストをしていたヒロは、年もひと回り近く上だ。なのにいつもおかしな敬語を使って、美里に媚《こ》びるように話しかけてくる。

だがその目が全然笑っていないのには気づいている。隙《すき》あらば追い落としてやろうと狙っている者特有のぎらぎらした目は、美里がよく知っている、夜の世界をしたたかに生きる者の目だ。

「……いや、ヒロさん、それはちょっと卑下《ひげ》しすぎじゃね？　バースデー、かなり盛況だったじゃん。あんたのオラオラノリがたまらないってお客さん、たくさんいるでしょ？」

「へへ。まあ自分、器用じゃねえんで、今更スタイル変える気はねえんすけどね。ただ自分も、美紗斗さんみてえにオールマイティーになりてえっつーか。やっぱ憧《あこが》れるっすよ」

ノリの明るい友達営業を得意とする美里に対し、やや強引な営業スタイルのヒロは、確かにそのせいで客の間口を狭《せば》めている。ホストのくせにあまり酒癖も良くないし、元々際《きわ》どい性格なのだろう。白々《しらじら》しく憧れるなんて言われても、何だか逆に怖い。

小さく首を振って、美里は言った。

「でもほら、一寸先《いっすん》は闇《やみ》っていうか、先のことは分からないし。晃も頑張ってるしさ」

「……私がどうかしましたか？」

横合いから急に晃に声をかけられてびっくりしてしまう。ヒロが嫌悪感むき出しの顔で晃をねめつける。

「どうもしねえよ。てめえは引っ込んでろッ」

「これは失礼、聞き違いでしたか。でも、実は私も美紗斗さんとお話がしたくて。恐れ入りますが、お話がお済みになりましたら呼んで頂けますか？」

恫喝《どうかつ》したつもりが涼しく返され、ヒロがぐっと言葉に詰まる。チッと舌打ちをして、ヒロはそのまま去っていってしまった。

「やれやれ、気難《きむずか》しい方ですね。何にあんなに苛立《いらだ》っているのだか」

きっとおまえのその慇懃《いんぎん》なしゃべり方にだ、と思ったが、それは言わないでおく。チラリと周りを見回してから、美里は小さく言った。

「晃、話ってその……、金のことだよな？」

「ええ、一応そのことをお話ししようと」

そう言って晃が、穏やかな笑みを浮かべてこちらを向く。

「美紗斗さん、よかったらこれから、私の家へいらっしゃいませんか？」

「おまえの家へ？」

「ええ。ここでは落ち着いて話せませんし、明日はお休みでしょう？」

「ああ、そうだな。でも、なあ……」

明日は、昼間に妹の見舞いに行こうと考えていた。自分の暮らしを秘密にしておきたいという思いから、今まで同僚の家に行ったこともないし、どうしたものだろう。

迷っていると、晃が何か思いついたように言った。

「そうだ美紗斗さん。この前焼肉屋さんで、甘いものがお好きだと仰《おつしゃ》ってましたよね？」

「え……。ああそういえば、話したような？」

「実は、私もそうなんです。それで昨日、『小樽屋《おたるや》』のチーズケーキを取り寄せたのですが、ホールだから食べ切れなくて。よかったら家で、一緒に食べませんか？」

意外な提案に驚くが、ヒロみたいに仕事が終わってまで酒の強さを競いたがるような男よりは、何だかちょっと親近感が湧《わ》く。

ケーキも食べたかったから、美里は小さく頷いた。晃は嬉しそうな笑顔を見せて、そのままタクシーをつかまえに店を出ていった。


「――――うま！　これ超うまいぞ！」

「それはよかった。好きなだけ召し上がって下さい。紅茶ももう少しいかがです？」

「ああ、ありがと。頂きまーす」

もう深夜三時を過ぎた時間だ。派手ななりのホスト二人が、ソファに並んでもぐもぐとチーズケーキをほおばっている光景は、はたから見たらちょっとばかり異様かもしれない。

しかもとんでもなく洗練された、都心の高級マンションの一室で。

「……しっかし、おまえホントいいとこに住んでんな。財務省ってそんなに儲かんの？」

「いえ、それほどでは。ここも、買ったときはそれほどしなかったのですよ？」

何となく想像していた通りの、この優雅で洒落《しゃれ》た分譲マンションは、晃が入省したばかりのころに財テクのために買ったものらしいが、口ぶりからすると今ではそこそこの資産価値があるのだろう。ナンバーワンホストのくせに金に追いまくられ、六畳一間のぼろアパートに住んでいる自分が、何となく悲しくなってくる。

「しっかりしてんだな、おまえ。やっぱインテリは違うわ」

「さあ、どうですか。しっかりしていたらあっさり辞めたりしないのでは？」

「まあそれはそうだけど。つか、そもそも何で辞めたんだよ？　財務省なんて花形だろ、世の中的にはさ？」

そう言うと、晃は紅茶のお代わりを注ぐ手を止めて答えた。

「退屈だったからですよ」

「……退屈？」

「中央官庁といえば、この国の中ではかなり優秀な人材が集まっているはずの場所なのに、所詮《しょせん》この程度なのかと呆れ果てましてね。先が見えてつまらないなと」

「うへ、おまえらしいや」

自分への揺るぎない自信を感じさせるそんなセリフに、こちらこそ呆れてしまう。こういう人間はきっと、どこで何をやっても退屈なのだろう。何につけ出来が良すぎるというのも良し悪しだなと思う。

紅茶のお代わりを飲みながら、美里はぼやくように言った。

「……ったく、おまえってホント嫌みな奴。おまえからしたらホストなんて、さぞやつまんねえ仕事なんだろうな」

「そんなことはありません。おかげ様で毎日大変楽しく働いておりますよ」

晃が言って、意味ありげにこちらを見つめてくる。

「何せトップの人間が、一夜にして破滅《はめつ》の危機に陥《おちい》ったりしますからね。こんな刺激的な職場、他にありますか？」

何やら意地の悪い言葉の響きに、一瞬ヒヤリとしてしまう。至ってフレンドリーな雰囲気だった部屋の体感気温が、それだけで一気に下がった。

私たちは仲間だなんて言われて、何となく油断していたけれど、晃とてナンバーツーの営業成績を叩き出す有能なホストなのだ。美里はふうっと息を吐き、小さく首を振った。

「……おまえって、結構おっかねえのな。ちょっと冷や汗出たし、今」

「それはすみません。でも、そろそろ本題に入ったほうがいいかなと思いまして」

「分かってるって。金はちゃんと返すよ。今まで以上に、気合入れて働いてな」

美里は言って、座り直して晃にきちんと向き直った。

「実は昨日、ちょっと計算してみたんだ。で、相談なんだけど――――」

「計算は不要ですよ、美紗斗さん」

「え？」

「返済方法を考えて頂く必要はないと言ってるんです。少なくとも、現金ではね」

思わぬ言葉に驚いて、晃の顔を凝視する。一体何を言っているのだろう。

「でも、じゃあどうやって三百万を？　まさかチャラってことはねえだろ？」

「ええ、もちろんちゃんと返してもらいます。全額、あなたの体でね」

「……俺の体？」

まるで悪質な債権《さいけん》回収業者みたいな言い草に、キュッと眉《まゆ》を顰《ひそ》めてしまう。親の葬式に乗り込んできた取立屋の横柄《おうへい》で尊大《そんだい》な態度を思い出して、むかむかと腹が立ってくる。

キッと晃を睨みつけて、美里は言った。

「おまえが何言ってんのか、俺にはさっぱり分かんねえな。ちゃんと働いて返すって言ってんだから、それでいいだろ？　三百万なんてふた月もあれば返せるんだ。何せ俺はナンバーワンなんだぜ？」

本当は半年ばかり返済期間をもらおうと思っていたのだが、啖呵《たんか》を切るように言って、それから煽《あお》るような声で続ける。

「それとも何？　もしかしてケツ貸せとか、そういう話？　ホストは意外に多いんだよなあ、そっち系の奴。おまえもそうなのかよ、晃？　熟女キラーはカムフラージュか？」

腹立ちついでにそんな挑発じみたことまで言ってしまって、ちょっと言いすぎたかなと冷や汗をかく。案の定、晃の顔に軽い驚きの色が浮かんだ。

だが次の瞬間、晃はどこか意味ありげにニヤリと微笑んでこちらを見返してきた。その整った口唇から、いつもよりもワントーン低い声が響いてくる。

「驚いたな、まさかそこまで言われるなんて。もしかして、見抜いてたんですか？」

「は？　な、何を？」

「ああ、そうではないのか……。ふふ、ですよね。ナンバーワンホストとは言え、そこまで情に聡《さと》いほうだとも思えないですし」

「……んだとッ？」

独《ひと》りごちるような言葉の意味はよく分からないが、小馬鹿にしたような言い方は気に障《さわ》る。何か言い返そうと口を開くと、晃が片手でそれを制した。

「まあいいでしょう。いずれにしても、手間が省《はぶ》けたのは確かですし。そういうことならあなたが仰ったように、お金は文字通り体で返して頂くことにしましょうか」

晃が楽しげに言って、艶麗《えんれい》に微笑む。

「そのプリッと可愛いお尻を使って、たっぷりとね」

「なっ……！」

あまりにも明け透《す》けな言葉に、かあっと頰《ほお》が染《そ》まってしまう。軽く嘲《あざけ》るつもりで言っただけなのに、まさか本当にそんなことを言われるなんて。

二の句が継《つ》げずにいると、晃がからかうような笑みを見せた。

「おや？　あんなふうに煽っておいてそんなに真っ赤になるなんて、おかしいですね。まさか男は初めてなんですか？」

「あ、当たり前だろっ！　誰が男となんかヤるか！」

「そうですか。では優しくしなくてはなりませんね」

何故だか嬉しそうな声で言って、晃がおもむろに体を寄せてくる。

反射的にソファから飛び出したけれど、腰に腕を回して引き戻され、そのままソファとローテーブルの間にうつ伏せに落とされた。後ろから抱え込むようにしてカーペットの上に体を押さえつけられ、あっという間に身動きが取れなくなる。

余裕たっぷりな声で、晃が言う。

「反射神経はいいみたいですが、随分《ずいぶん》と華奢《きゃしゃ》な体をしてますね。まだ若いからと油断しないで、ちゃんと鍛《きた》えて健康管理をしないと、お酒ですぐに体を壊してしまいますよ？」

「こ、の、放せよ……！」

逃れようともがいてみるけれど、腕ごと押さえ込まれた体は全く自由にならない。まるで寝技か何かをかけられているみたいだ。たしなめるように、耳元で晃が囁く。

「あまり暴れないほうがいいですよ。怪我でもしたらしばらく店に出られなくなるかもしれない。それでもいいんですか？」

「るせえ、知ったことか！　いいから放せ！」

「お断りします。前にも言ったかもしれませんが、私はそうしたいと思ったことは必ずやり通す主義なんですよ」

晃が言って、それから不満そうにため息を洩らす。

「なのに結局、私は今月もナンバーワンになれなかった。立て替えた未収分を差し引いても、私はあなたに勝てなかったんです。これは大変な屈辱だ」

「知るかよっ！　つか、体で払えって、まさかその腹いせじゃないだろうなっ？」

「だったら何です。むしろそれで私の気が済むのなら、安いものだとは思いませんか？」

「思わねえよ！　誰が、そんな……！」

吐き捨てるように言って、ハッと思い出す。

――『こういう機会を待っていた』。

確か晃は、そう言っていなかったか。もしかして、仲間だとか言って売掛金を肩代わりしたときから、晃はこんなふうに美里を辱《はずかし》めるつもりだったのだろうか。礼儀正しく慇懃な敬語と爽やかな笑顔の陰《かげ》で、まさかそんなことを考えて――――？

「クソっ、ふざけんな、放せよ！　俺は絶対、おまえになんか……、ぁんッ！」

是が非でも逃げようと腰を浮かせた瞬間、背後から回った手にさっと股間《こかん》をなぞられて、おかしな声を出してしまった。男にそこを触《さわ》られるなんて、初めてのことだ。

「ちょ、おい、触んな！」

逃《のが》れようとしたが、手際よくスラックスの前を緩《ゆる》められ、そのまま下着の中に手を入れられてゾクリと肌が粟立《あわだ》った。動転しているせいか、そこは小さく縮こまっている。

「ふふ、随分と可愛くなっていますね。怖いんですか？」

「ち、違、あっ、よ、よせって！」

委縮した自身を引き出すようにつかまれ、そのまま柔らかく扱《しご》かれて慌《あわ》ててしまう。男にそこを弄《いじ》られるなんて、嫌悪でどうにかなりそうだ。

だが若さのせいなのか、自身は思いのほか呆気《あっけ》なく熱を帯び始めた。嫌悪感とは裏腹に、欲望は晃の手の中で己《おのれ》を主張するように形を変え、ぐんぐん大きくなっていく。

まさかこんなことになるなんて思わなかった。

「っ、めろッ、こん、な……！」

自分の体の反応が信じられなくて、頭が混乱してしまう。羞恥《しゅうち》で真っ赤に染まった美里の耳朶《じだ》を優しく口唇《くちびる》で食《は》みながら、晃が揶揄《やゆ》するように言う。

「もうこんなになってきた。感じやすいんですね、あなたは。それとももしかして、かなりご無沙汰《ぶさた》だったのかな？」

「――――――」

ご無沙汰も何も、日々生活に追われてばかりで、セックスはおろかマスターベーションすらこの前いつしたのか思い出せない。

というかそれ以前に、職業柄女性と話すのは得意だけれど、ずっと仕事だったからリアルな恋愛の経験はほとんどなく、今だって恋人の一人もいない。相手の身の上を思うと何だか身につまされるから、実は風俗にすら行ったことがないのだ。

そうはいっても二十二歳の健康な体。触れられて抵抗などできるはずもない。

(でもこんなの、駄目だ……！)

このまま晃に達《い》かされたら、それは破産するよりまずい事態だ。絶対にこらえなければと、必死に口唇を嚙んで快感を逃がす。

けれどそんな努力もむなしく、美里の先端からはたらたらと淫蕩《いんとう》の雫《しずく》が溢《あふ》れ出してくる。

「こんなに濡らして、案外いやらしいんですねあなたは。でも気持ちよくなっててくれるほうがいいかな。一方的に責め苦を与えるのは、私の趣味じゃないのでね」

(責め苦ってっ――――！)

卑猥《ひわい》な声で恐ろしいことを言われ、背筋が凍《こお》った。痛いのなんて絶対ごめんだ。

晃が少しだけ体を離したから、自由になった手で必死でカーペットを搔《か》き、這《は》い逃げようともがいてみる。

けれどすぐに腰をつかんで引き戻された。晃が呆れたようにため息をつく。

「全く、往生際《おうじょうぎわ》が悪いですね。やはりさっさと頂いておいたほうがよさそうだな」

独りごちるようにそう言って、晃がまた体を押さえ込んでくる。そのままシュッと自らのネクタイを解《ほど》き、それを使って美里の手首を括《くく》り上げてきたから、驚いて身をよじらせた。

「なっ、ちょ、何すんだっ、この変態っ！」

まさか縛《しば》られるなんて思わなかった。抵抗しようとしたが、それもむなしく両手をぐるぐる巻きにされ、ネクタイの端《はし》をソファの足に結びつけられてしまう。美里の腕の自由を完全に封じて、晃がすっと立ち上がる。

「ちょっと、そのまま待っていて下さい。何か濡《ぬ》らすものを探してきますから」

そう言って、晃が部屋を出ていく。明らかに手慣れた様子に狼狽《ろうばい》してしまう。

「ク、ソ、信じらんねえっ、こんなの、ありえねえだろっ……！」

このままやられてたまるかと、拘束《こうそく》を逃れようとしたけれど、手首に巻きついたネクタイは全く解ける気配もない。

そうこうしているうちに晃が戻ってきて、スラックスに手をかけられて下着ごと膝《ひざ》まで下ろされてしまった。むき出しの尻たぶをつかまれ、狭間《はざま》を大きく開かれて、後孔《こうこう》に空気が触《ふ》れた感覚に戦慄《せんりつ》する。

「ふふ。可愛い形をしていますね、美紗斗さんのここは。色もピンクで、凄《すご》く綺麗だ」

「み、見るなよっ、そんなとこ！　こんなこと、やめ、ろっ……！」

体の最も秘められた場所を暴《あば》かれて、声が震えてしまう。この上ない屈辱感に、頭が真っ白になってそれ以上言葉も出てこない。

あまりのことに泣きそうになっている美里に、晃が静かに言う。

「そのまま、動かないで下さいね」

「何、を？　うぁ……！」

後孔に何か挿《さ》し込まれ、軽い痛みに呻《うめ》いた次の瞬間、腹の中に何かトロリとしたものが流れ込んできた。その冷たさに鳥肌が立つ。

「ちょっ、な、何やってんだっ！」

「これはハンドクリームのチューブですよ。お尻に入っているのはその中身です」

「バッ、何でそんなもん入れてんだっ！　ふざけんなっ！」

「あいにく専用のジェルを切らしていまして。でも、これでも十分代用できますから」

こともなげに言って、晃がチューブを外す。

そのまま孔《あな》を塞《ふさ》ぐように指をつぷりと挿入《そうにゅう》され、叫んでしまう。

「な、やめろっ、ひぁっ、あぁぁッ……！」

付け根まで入った晃の指に、クリームを注入された内腔《ないくう》をくちゅくちゅと掻き回され、

上《う》ずった悲鳴を上げてしまう。異物感が強く、胃が締めつけられるみたいだ。

指を二本に増やされると、粘膜が引きつるような感覚に冷や汗が出てしまった。気持ちの悪さに、ぶんぶんと頭を振る。

「くあぁ！　晃、やっ、それ、やだっ、や、あっ――――！」

拒絶の言葉を発しながら、指虐《しぎゃく》を逃れようと腰をよじろうとするけれど、晃はそれを許さず、指をさらに増やして中を執拗《しつよう》にまさぐってくる。体の芯を解かれ、中を暴かれていくような感覚に慄《おのの》き、腰を支える膝がガクガクと震えてしまう。

だが晃の指が美里の中のある一点をかすめた途端、何故だか腰がビクンと跳ねた。

訳が分からず涙目で振り返ると、晃がふっと微笑みかけてきた。

「ほう、ここですか」

「ん、ん？　ここ、て、何、っ……？　あ、はああっ、や、ふぅ、ん！」

指の腹でそこを擦られ、腰がビクビクと躍《おど》ってしまう。

今まで感じたことがないほどの鮮烈な快感に淫《みだ》らな嬌声《きょうせい》が止まらず、美里の欲望からはトロトロと蜜《みつ》が滴《したた》り始める。一体何が起こったのだろう。

はしたなく腰を揺らす美里に、晃が嬉しそうな声で言う。

「ここなんですね、美紗斗さん。よく分かりましたよ」

一体、何が分かったのだろう――――。

半《なか》ば茫然《ぼうぜん》となりながら考えるけれど、こちらはさっぱり分からない。指を引き抜かれ、後孔に熱い昂《たか》ぶりを押し当てられても、まるでリアリティがなかった。

甘く淫猥《いんわい》な声で、晃が囁く。

「挿《い》れますよ、美紗斗さん。力を抜いて、私をのみ込んで」

「――――――ッ！」

凄《すさ》まじい圧入感に、一瞬息が止まった。

思考が全て消し飛んで、熱とボリュームとに意識を支配される。体幹《たいかん》を稲妻《いなずま》に貫《つらぬ》かれたような、こんな強い衝撃を受けたのは初めてで、呻き声すらも出せない。

「……ああ、いい具合に後ろの力が抜けていますね。とても上手ですよ、美紗斗さん」

背後から落ちる晃の声には、淫らな悦《よろこ》びが滲《にじ》んでいる。クリームのぬめりを借りて肉の襞《ひだ》を掻き分けるように侵入してくる晃自身も、奥へと進むにつれ熱く昂ぶっていくのが分かる。美里の肉壁《にくへき》に擦《こす》られて、晃は快感を覚えているのだろう。

だが秘められた場所を開かれ、無理やり雄《おす》をねじ込まれているこちらは、もうただのサンドバッグにでもなったみたいな気分だ。男に力で組み伏せられ、縛られて体を犯された事実に、言いようのない怒りが滾《たぎ》ってくる。

「……ッソっ、クソッ、あき、らっ、てめぇっ、よくも、こんな……！」

「おや、怒ると締まるんですね、あなたのここは。今どのくらいまで入っているか、分かります？」

「知るかっ！　つうか抜けっ！　今すぐ外しやがれッ！」

「ご冗談を、こんなにスムーズに繋がることができたのに。せっかくですから味わわせてもらいます。あなたの味を、たっぷりとね……」

晃が甘い声で言って、ゆっくりと腰を使い始める。中を擦られるおぞましい摩擦感《まさつかん》に、悲鳴が洩れてしまう。

「くぅっ、や、めっ、動く、なぁっ！」

晃が動くたび、クリームがくぷっ、くぷっと音を立てて溢れ出る。それが潤滑剤《じゅんかつざい》の役割を果たしているためか、痛みなどはないけれど、体内を行き来する晃の欲望は半端《はんぱ》ないサイズだ。内壁を裂《さ》かれてしまいそうな恐怖を感じて、脂汗《あぶらあせ》が浮かんでくる。

中を確かめるようにしながら抽挿《ちゅうそう》を深めて、晃がふうっとため息をつく。

「……ああ、凄い……。奥のほうまで熱くて、私にキュウキュウと絡《から》みついてくる。気を抜いたら、絞《しぼ》り出されてしまいそうですよ」

腰を緩く動かしながら、晃が淫猥な欲望に濡れた声でそんなことを言うから、こめかみが熱くなった。この上そんなことまでされてたまるものか。

「て、めっ、殺すぞ！　中出しなんかしやがったら、ぶっ殺してやるからなッ！」

「ふふ、そういきり立たないで。別に私だけ気持ちよくなろうなんて思ってませんから。

あなたも、ちゃんとよくしてあげますから」

晃が楽しげに言って、美里の腰を抱え直す。

繋がる角度が少し変わったその途端、美里の声が裏返った。

「――――ひあっ、ぁっ、やあっ！」

晃の先端に内腔の前壁をズクズクと抉《えぐ》られて、快感が電流みたいに全身を駆け抜ける。

そこは先ほど指で触れられて、わけも分からず啼《な》き乱れそうになってしまったところだ。

重量感のある晃の先端にそこをなぞられるたび、ビクンビクンと上体が跳ねる。

「やッ、そこ、ぃやっ、嫌、ぁっ……！」

意識が飛びそうなほどの、壮絶《そうぜつ》な快感。

こんな感覚を味わったのは初めてだ。凌辱《りょうじょく》された怒りではらわたが煮えくりかえっているはずなのに、快感で知らず腰が揺れてしまう。いつの間にかひとりでに蜜液を溢れさせてしまっている美里自身に指を添《そ》えて、晃が意地の悪い声で言う。

「こんなに溢れさせているのに、嫌だなんて下らない意地を張るのはやめなさい。それよりもっとお尻を窄《すぼ》めて、キャンディーバーみたいに私をしゃぶったらいい。一番気持ちのいい場所を、私に擦りつけてごらんなさい」

そう言いながら、晃が前に手を回して美里の欲望をぐいぐいと扱いてくる。同じリズムで中の敏感な弱味を擦り立てられて、だらしなく緩んだ口の端から唾液《だえき》がこぼれる。

「やっ、も、ダ、メっ、晃、あき、らぁッ――――!」

たまらず叫んだそのとき、晃の手の中の美里の欲望がビクビクと跳ねた。溢れ出した放埒《ほうらつ》の証《あかし》が、パタパタとカーペットの上に飛び散っていく。晃が苦しげな声で言う。

「……ふ、物凄い締めつけだ。ピタピタと私に吸いついて……。そんなにも、これが気に入ったのですか?」

「っ、そ、な、こ、とっ……!」

「でもほら、白いのだってまだまだ溢れてくる。こんなに反応するなんて驚きですよ。美紗斗さん、本当に初めてだったんでしょうね?」

「ッ、たり前、だ……!」

揶揄《やゆ》するような声音に、脳髄《のうずい》を焼かれるほどの屈辱感を覚える。

こちらだって驚きを通り越して愕然《がくぜん》としているのだ。男に後ろを犯されて淫らに尻を振らされ、しかも達《い》ってしまうなんて――――。

「嬉しい誤算ですよ、美紗斗さん。そういうことならもう少し本気を出させてもらおうかな。あなたもたっぷりと楽しんで下さいね?」

晃が言って、また腰を使い始める。

そのストロークは、先ほどよりも深く大胆《だいたん》だ。絶頂の波から逃れる前にまた強引に愉楽《ゆらく》の淵《ふち》に引き戻されて、意識がドロドロと溶けていく。

もう何が何だか分からなかった。美里はただされるがままに揺さぶられ、あられもない嬌声を発するばかりだった。

「……今日もつれないんですねえ、美紗斗さん」

「ひゃ！」

晃のマンションの玄関で、座って音を立てぬよう静かに靴を履いた途端、晃に声をかけられて変な声を出してしまった。

恐る恐る振り返ると、晃がいつもの爽やかな笑みを浮かべて廊下に立っていた。よく眠っていると思ったのに、何て寝ざめがいいんだろう。

「黙って帰るなんてひどいじゃないですか。それにまだお昼前ですよ？」

「……よ、用事、あるし」

「そうですか。では車で送って差し上げます。どこです？」

まるで泊めた女の子にでも言うような言葉に、イラッと来てしまう。立ち上がって晃を睨み据《す》えながら、美里は言った。

「よせよ、そういうの。女じゃねえんだし」

「いいじゃないですか。昨日は女の子みたいにあんあん言ってたくせに。とても淫らな処女だったのは、ちょっとびっくりしましたけど」

「う、うるせえ、黙れッ！」

冷やかしの言葉に、赤面してしまう。

最初は嫌悪感すら覚えていたのに、結局晃に何度も絶頂を極めさせられ、恥ずかしく乱され啼かされてしまった。男に犯されて気持ちよくさせられたなんて、金輪際《こんりんざい》思い出したくないほどの醜態《しゅうたい》だ。目の前の晃と、うかつにもこんな事態に陥《おちい》ってしまった自分への怒りに震えながら、美里は言った。

「俺はちゃんとハメられてやったからな、晃！」

「……は？」

「おまえの企《たくら》み通り、体で借金を返したじゃねえかっ！　仲間だとか甘いこと言って、俺をもてあそびやがってっ。満足しただろっ？」

「美紗斗さん……。私は別に、そんなつもりでは」

その秀麗《しゅうれい》な顔に当惑《とうわく》したような表情を浮かべて、晃が何か言いかかる。

でもこの期《ご》に及《およ》んで言い訳の言葉など聞きたくない。晃の言葉を遮《さえぎ》って、美里は叫んだ。

「俺は絶対おまえには負けねえっ！　もう気安く俺に話しかけんなッ！」

美里の言葉に、晃が目を丸くする。

けれど次の瞬間、その顔にどことなく酷薄《こくはく》な笑みが浮かんだから、ちょっと気圧《けお》されてしまう。冷笑するような声で、晃が言う。

「大した自信家ですね、あなたは。あれで完済したつもりなんですか？」

「な、何、だって？」

「全くおこがましい。一晩三百万なんて、一体どこの高級コールガールですか」

「な……！」

予想もしなかった言葉に、返す言葉を失ってしまう。

啞然としていると、すっと近づいてきた晃にドンと体を突かれ、玄関の扉に背中をぐっと押しつけられた。そのまま体で押さえ込まれて慌ててしまう。

「ちょ、やめろよ、何すんだ！」

「本当に愛すべきおバカさんですね、あなたは。こんなにも非力なのに、どこまで強気なのだか。あなたがどんな可愛い声で啼いていたか、店で思い出させて欲しいんですか？」

「…………！」

脅《おど》すような言葉に、頰が紅潮《こうちょう》する。まさかこれをネタにこちらを強請《ゆす》ろうとしているのだろうか。

まずいことになったと、慄きながら晃の顔を見返す。

すると晃が、今度は可笑しそうに声を立てて笑った。一体何が可笑しいのだろう。

もうわけが分からない。美里は混乱しながら訊いた。

「……何だよ？　何で笑ってんだよッ？」

「ふふ、すみません。あなたがあまりにも素直で、可愛い顔をしたから……」

晃が言って、笑いをこらえながら続ける。

「全くあなたは、本当に苛《いじ》め甲斐《がい》がありますね。これから三百万をゆっくり回収していくのが、とても楽しみですよ」

そう言って晃が、キスをしようとするように顔を近づけてくる。

驚いて顔を背けると、こめかみにチョンとキスをされた。不思議に甘い声音で、晃が言う。

「時間をかけてたっぷり取り立ててあげますから、そのつもりでいて下さいね。私から逃げようったって、そうはいきませんからね？」

ほとんど呪《のろ》いみたいな言葉に、目の前が真っ暗になる。知らぬ間に陥ってしまった抜き差しならない状況に、たらたらと冷や汗が出てくる。

楽しげにこちらを見つめる晃の切れ長の目を、美里は茫然と見返すしかなかった。


それからひと月半ほどが過ぎた、梅雨時《つゆどき》のある日の夜のこと。

夕方まで降っていた雨のせいか、ホストクラブ『セブンスヘブン』の客足は鈍《にぶ》かった。

美里は指名客が途絶《とだ》えた短い時間に、店裏にある非常階段の小さな踊り場に来ていた。そこは普段から、美里が営業電話をかけるために利用している場所だ。

「――――てぇことで、ミキちゃんのご来店、お待ちしておりまーす！　以上、『セブンスヘブン』美里でした。じゃ、お仕事がんばってね！」

いつも贔屓《ひいき》にしてくれている顧客数人にそんな留守電メッセージを吹き込んでから、美里はふうっとため息をついた。

「……クソ……。腰超重てえし……」

甘苦しい倦怠感《けんたいかん》の残る腰をさすりながら、小さくつぶやく。

昨晩も晃に散々ヤられて、体には何だかまだ生々しい熱っぽさが残っているみたいだ。まるで二日酔いのようだと、忌々《いまいま》しい気持ちになってしまう。

（ちくしょう、晃の奴め！）

晃の予告通り、美里はあれから何度か晃のマンションに連れ込まれ、借金の取り立てと称して体を恥ずかしくもてあそばれている。うっかり金を借りてしまったのは自分だが、よくよく面倒な男に借金したものだと思う。

もちろん、こんなことでナンバーワンを譲りたくはなかったから、先月も死ぬほど働いてその座を死守した。借りた金だってちゃんと現金で返すつもりだし、今までにも増して仕事を頑張っているのだ。

だがそうすればするほど、晃の責めもエスカレートしていくような気がする。何度も体を求められ、数えきれないくらい達かされて、昨日などは終わってもしばらく立ち上がれなかった。

きっと晃はそうやって、ナンバーワン争いに勝てない腹いせをぶつけているのだろう。金さえ返せるなら、こんな関係さっさと清算して蹴りの一つも入れてやるのに――。

「そーだ、ついでに陽菜にもメッセージっと」

妹の陽菜が入院している病院は九時が消灯時間だ。まだほんの少し過ぎた時間だが、きっともう電源は切られているだろう。明日は休みで、見舞いに行くつもりだと言ってはあるが、このところ電話する暇がなかったから寂しい思いをさせてしまったかもしれない。

(もっと、傍にいてやりてえのにな)

両親を亡くして以来、お互いがたった一人の肉親同士だ。美里のことを慕《した》ってくれる陽菜を誰より大切に思っているし、時間があるならもっと頻繁《ひんぱん》に見舞いに行ってやりたいといつも思ってはいるのだが、なかなかそうもできない。でもせめて親の残した借金だけでも完済できたら少しは生活に余裕が出るからと、それを励《はげ》みにずっと懸命に働いてきた。

なのに成り行きで晃に借金をしてしまい、そのせいで体まで好きにされている。一体何をやっているのだろうと自分に呆れる。

「……あー、もしもし陽菜？　俺でーす。もう寝てるかな？　明日はいつもの時間に行くから、いい子で待ってろよ？　じゃあな！」

短くメッセージを吹き込んで、通話を切る。続けて何か可愛いデコメでも送ってやろうと思ったところで、クスクスと笑う声が聞こえてギョッとした。

振り返ると、晃が店の裏口のところに立ってこちらを見上げていた。

「いい子で待ってろよ、ですか。なかなかいい響きですが、仕事中にこっそり私用電話はまずいのでは？」

からかわれて頬が染まる。硬い声で、美里は言った。

「だったら何だ。おまえに関係ねえだろ」

「それはそうですが、ナンバーワンホストのプライベートには、やはりちょっと興味がありますね」

晃が言って、ゆっくりと階段を上りながら探るような目でこちらを見上げてくる。

「誰と電話してたんです？」

「……教えねえ」

「もしかして、恋人？」

「教えねえってのに」

「いいじゃないですか、教えて下さいよ。私は知りたいんです。あなたのことが」

そう言って晃が、声を潜《ひそ》めて続ける。

「あなたのことを、私はまだほとんど何も知りません。その感じやすい体以外、何もね。せめてもう少し心を預《あず》けてくれたら嬉しいと、そう思っているのですが」

「心を、預ける……？」

何やら持って回った言い方に、一瞬耳を傾けかける。

でも、要はもっと馴《な》れ合えということだろう。人に股《また》を開かせていいようにしているくせに、まだ足りないんだろうか。

（つーか、そんなにナンバーワンになりてえのかよ！）

もちろん、それがホストの世界ではあるが、個人の事情を聞き出してしたたかに相手の心に踏み入ろうとするのは、何だか色恋営業の手本を見ているみたいで気分が悪い。まして美里は、私たちは仲間だと言った晃の言葉に油断させられたせいで、今みたいな腹立たしい状況に陥っているのだ。

晃の言葉に惑《まど》わされて分《ぶ》が悪くなるのはもうごめんだ。美里は晃を冷たく見据えた。

「へえ……。おまえはそうやって客を転がしてんだ。まあある意味正統派？　俺あんまそういうの得意じゃねえから、マジ尊敬するわ」

嫌味に聞こえるような口調でそう言って、それから嘲《あざけ》るように言う。

「けどさ、相手の嫌がるとこには触れないってのが、水商売の仁義じゃねえの？　そうやって他人の泣きどころ暴いてっと、今に痛い目みるかもしれねえぜ？」

「ほう、泣きどころですか。これはますます興味が湧《わ》きますね」

「……！」

不用意な発言を後悔したが、遅かった。晃が目を輝かせて言う。

「ぜひ聞かせて下さい、美紗斗さん。あなたの泣きどころを。何ならお話ししやすいように、私がリラックスさせてあげましょうか？」

晃の言葉に、嫌な汗が出てくる。

とっさに晃を押しのけて、店のほうへ戻ろうとしたけれど、腕を取られて引き戻された。ビルの壁に胸を押しつけられて、背後から体を押さえ込まれる。

そのまま両腕を片手でやすやすとからげられ、頭上で押さえつけられて、慌ててしまう。

「ちょっ、おい、放せよっ、何すんだ！」

「別に。ただちょっと、インタビューがしたいだけです」

「おまえに話すことなんて、何もっ……、な、ちょっ、やめろ！　ふざけんな！」

スーツのジャケットのボタンを外され、スラックスの前を緩めて下着ごと膝まで下ろされて、頭が熱くなる。こんなところで何てことをするんだろう。

「……ぁ、やっ、めろ、触ん、なッ……！」

晃の手に欲望を握られて、首を振って拒絶を放つ。

昨日の夜も手や口で散々弄られ、何度も白蜜《しろみつ》を絞り出されたそこは、触れられただけでヒリッとするくらい刺激に敏感になってしまっている。ゆるゆると指先で撫でられただけで呆気なく立ち上がり、シャツの隙間から先端を覗かせた美里自身を眺めて、晃が忍び笑うように言う。

「おや、思ったよりもリラックスしているんですねえ、美紗斗さん。ちょっと触っただけなのに、こんなに大きくしてしまうなんて。もしかして、こういう場所のほうが興奮するたちなんですか?」

「る、せっ、誰、がっ……! はぁ、ん、ンっ……!」

裏筋をなぞられて思わず発した嬌声が、非常階段の壁にうつろに反射したから、慌てて口唇を噛んで声を殺した。

ビルの谷間の路地とはいえ、ここは一応屋外だ。上階には飲食店や風俗店が入っているし、隣のビルの裏口も目と鼻の先にある。路地のむこうの通りは目抜き通りで、人の流れは深夜まで絶えない。もしも今、誰か通りかかったりでもしたら――――。

「ふふ。ナンバーワンホストも形なしですね」

「何っ……?」

「こんなところで男にズボンを脱がされて、いたずらされて甘い声を出して……。お客様はもちろん、誰にも見せられませんよね、こんな姿」

「なっ、チク、ショ……! 晃、てめえっ!」

――こんな恥ずかしい姿を見られたら、今まで仕事で築いたものがみんなぶち壊しになってしまうかもしれない。

たぶん晃は、美里のそんな焦りを分かった上で、あえてここでこんなことを仕掛けている。そんなことを考えるなんて、何て卑劣《ひれつ》な男なんだろう。

そんな美里の怒りなど嘲笑うかのような涼しげな声で、晃が言う。

「さて、それではなるべく手短にいきましょうね。さっき電話していた相手は誰です？」

「くっ、誰が言うかっ！」

「強情《ごうじょう》ですね。でもそこまで頑《かたく》なに口を割らないということは、それだけあなたにとって大切な相手だってことなのでしょう。やっぱり、恋人なんじゃないんですか？」

「ん、ん、ち、がっ」

「そうですか。ではご家族の方かな？　話しているときの感じも親しげでしたしね。もしかして、弟さんか妹さんがいらっしゃるとか？」

そんな誘導尋問《ゆうどうじんもん》には答えまいと、口唇をきつく結んでみるけれど、晃が美里自身を手のひらで包んでゆっくりと扱き始めたから、みっともなく喘《あえ》いでしまいそうになる。壁にぐっと額を押しつけてそれに耐える美里に、晃がクスクスと笑って言う。

「必死ですねえ、美紗斗さん。そこまで大切に思っている人がいるなんて、何だか少し羨《うらや》ましいな。誰よりもお仕事を頑張っているのも、もしかしてその人のためなんですか？」

晃の口から「頑張っている」なんて言われて、何だかハッとしてしまう。今まで誰かにそんなふうに言われたことなどなかったから、ちょっと驚きを感じたけれど。

（……でも、これがこいつのやり方じゃないか……！）

仲間だなんて言って美里をたぶらかし、札束で横面《よこつら》を叩くみたいにしてこの体を奪って、好き放題にもてあそんでいる晃。こんな男にプライベートのことまで話したくなんかない。これ以上、この男に弱味を握られてたまるか――――。

そう思い、絶対に屈するまいと身を固くして目を閉じる。

けれど、そんなことは大した抵抗にはならなかった。美里の先からこぼれた透明液をわざと音を立てて絡めながら、晃が痛いくらいに強く欲望を扱いてくる。

美里はたまらず悲鳴を上げた。

「ひぅっ、はぁ、やめ、やめ、ろっ！」

「おや、やめて欲しいんですか？　こんなに濡れ濡れなのに。じゃあ、やめたらあなたの秘密を全部話してくれますか？」

「はぁッ？　ざけんなっ、誰がそんなことッ……！」

「どちらも嫌だなんて、本当に強情ですねぇ」

晃が言って、ため息をつく。

「じゃあもう、とにかくこのまま一度達ってみましょうか。あなたのフレッシュな白蜜をこの壁にぶちまけたら、真っ白なお花みたいで綺麗でしょうしね。お店のみんなにも見てもらいましょうよ。ね？」

「ああっ、んんっ、や、だっ、やっ、あ！」

逃げ場を奪うように畳みかけてくる晃の容赦のなさに、抗《あらが》う気持ちが揺さぶられる。

こんな場所で晃の手で達かされるなんて絶対に耐えられないと思うけれど、でもそうかといってこのままやめられても、きっともう仕事どころじゃないだろう。

どちらへ転んでも恥辱《ちじょく》に打ちひしがれるしかないような、とことん卑猥な尋問《じんもん》。

職場でこんなことを躊躇なくやってのける晃という男が、何だか少し怖くなってくる。

晃はそんなにまでして、美里をナンバーワンホストの座から引きずり降ろしたいのだろうか――。

「……ッ？」

突然頭上からギイッとドアが開いた音が聞こえてきて、ギクリとして顔を上げた。

続いて耳に届いたのは、若い女の子たちのやや甲高い話し声だ。

どうやら二つ上の階の性感マッサージ店の従業員が、非常階段の踊り場で一服つけているらしい。アジア系の言葉とタバコの臭いが、梅雨時の湿《しめ》った空気と共に落ちてくる。

美里の耳朶に口唇を寄せて、晃が静かに囁く。

「ねえ、美紗斗さん。彼女たちをこちらへ誘ってみましょうか」

「なっ……？」

「あなたのこんな素敵な姿を見たら、もしかしたら店のお客様になってくれるかもしれない。ほら、可愛い声で啼いて、彼女たちを呼んでみなさい」

「ひぃっ……、ぁ、はっ……！」

指をきつく絞られ、激しく追い立てるように扱き上げられて、気が変になりそうなくらい感じてしまう。今にも、淫らな悦びの声を上げて啼き乱れてしまいそうだ。

もうこれ以上、抵抗なんてできそうもない。弱々しく声を震わせて、美里は言った。

「あ、晃、も、言うからっ……。何でも話すから、だからもう、やめてくれ……！」

屈服させられた悔しさに、こめかみを熱くしながらそう言うと、晃はふっと笑みを洩らして、手の動きを緩めた。

「……賢明《けんめい》な判断ですね、美紗斗さん。さすがはナンバーワンホストだ。では話してもらいましょうか。あなたの泣きどころとやらを」

冷徹な晃の声が、判断力の麻痺《まひ》した頭に鈍く響く。屈辱に震えながら、美里は言葉を紡《つむ》ぎ出した。

「……っ、や、ん……！」

前をもてあそぶ手の動きを止められて、美里は焦《じ》れたような声を上げた。

上階の女の子たちはいつの間にか店の中へ引っ込んでしまっていたが、話している間ずっと欲望を意地悪く弄られ続けていた美里には、それがいつだったのかすら分からない。

美里の肩に顎を乗せてふうっとため息をついてから、晃がつぶやく。

「……なるほど、そうですか。亡きご両親の残した借金を返しながら、妹さんの入院治療費まで。若いのに、苦労されてるんですねえ」

柔らかく胸に落ちる、晃の同情を含んだ穏やかな声。

悔しくて、目を閉じてしまう。秘密にしていたプライベートをこんな淫らなやり方でしゃべらされてしまうなんて、まさか思ってもみなかった。

「あなたがナンバーワンにこだわる理由は、それだったんですね？」

「そう、だよ。分かったなら、もう……！」

うっかり言いかけて、自分の浅ましさに歯噛みする。こんなみじめな状態なのに、その手を動かして達かせて欲しいと望んでいるなんて、自分で自分が信じられない。

（……つうかもう、それだけじゃ、ねえし……）

なぶられ続けた前が透明液で濡れそぼち、切《せつ》ないほどに張り詰めてしまっているのは当然だが、何だか先ほどから、内腔の中ほどの辺りがジンジンと疼《うず》いているのを感じる。

そこは間違いなく、いつも晃に突かれて感じまくってしまう場所だ。いつの間にか体が男の味を覚えてしまったということなのだろう。淫乱すぎる体が腹立たしくて、まなじりが濡れそうになってしまう。必死で劣情に耐えていると、晃が察したように囁いた。

「ふふ。美紗斗さん、後ろが寂しいんでしょう」

「……なっ、ち、違……！」

「否定しないで。私だってほら、こんなになってる。私のここが今何を欲しがっているか、あなたにだって分かるでしょう？」

晃が言って、ぐっと腰を押しつけてくる。

衣服越しに硬くなった晃の熱を感じて、ゾクリとしてしまう。

（晃、まさか、今ここでッ……？）

脳裏《のうり》に浮かんだ破廉恥《はれんち》すぎる想像に、恐れ慄いてしまうけれど、体はそれとは裏腹に晃の熱に敏感に反応する。内腔の疼きが下腹部にまで伝わったのか、美里の鈴口《すずぐち》からまた透明な涙粒が溢れてきた。

それを指ですくい上げ、美里の肩越しにぺろりと舐《な》めて、晃が甘く囁く。

「おやおや、抱かれるのを想像しただけで感じてしまうなんて、あなたは本当にいやらしいですねえ。欲しくても我慢しなくては。ここは職場なんですから」

「……ぁっ……！」

唐突に体を離されて、コンクリートの床の上に膝から崩れ落ちた。欲情に震える体を支えることができなくて、手をついてバランスを取る。

昂ぶっている様子など微塵《みじん》も感じさせない事務的な声で、晃が言う。

「今夜も私の家へ来て下さい、美紗斗さん。この続きもしたいですし、何よりもっと、あなたとお話しがしたいですから。いいですね？」

きっと拒否したところで聞く気などないのだろう。晃はそのまま、カンカンと階段を下りていく。昂ぶらされたまま打ち捨てられた切なさに、くらくらとめまいを覚える。

（……クソ、晃の、奴……！）

こんなことには屈しないと、ずっとそう思ってきた。

けれど晃は文字通り指先一つで美里を揺さぶり、好きなように翻弄《ほんろう》する。こんなふうにもてあそんでプライベートまで話させるなんて、一体どこまで性悪《しょうわる》なんだろう。

ドアが静かに閉まる音を聞きながら、美里は苦い思いで衣服を直した。


翌日は、朝からよく晴れていた。

なのに美里は、せっかくの休みを昼過ぎまで晃のベッドで寝こけて無駄に過ごしてしまった。慌てて陽菜が入院している都心の総合病院へ向かい、今ようやく着いたところだ。

拒《こば》んでも聞き入れず、車で送るからと言って半ば強引についてきた、晃と一緒に。

「……つーか、マジであり得ねえ」

「何がです？」

「おまえがここにいることがだっ。何でついてくんだよ、意味分かんねえ！」

「いいじゃないですか。あなたと私の仲でしょう？」

「誤解を招くような言い方すんな！」

「つれないですねえ、相変わらず。昨日はあんなに燃えてたのに」

「燃えてねえっ！　ふざけんなッ！」

そう言い返してみるが、店でのこともあったせいか、確かに昨日は自分でも恥ずかしくなるくらい乱れてしまい、終わったあとに不安を覚えた。

もしかしたら、このままどこまでも晃とのセックスにハマってしまうんじゃないかと。

(不安っていうか……、もう、ちょっとした恐怖だよな)

ゲイでもないのに男とのセックスを繰り返しているだけでも、十分ただ事じゃないと分かっている。だが若さのせいか晃のテクニックのせいか、回を重ねるごとに体が慣れてきているのが分かる。もう自分が変えられてしまったような怖さまで感じているのだ。

せめて自分が自分でいられる場所くらいは、晃から守りたい。誰よりも大切な陽菜のことも――。

「四〇三、原川陽菜。ここですか？」

「ああ。けど晃、絶対入ってくんなよ？　それだけは本当に頼むぜ？」

「やれやれ、取って食いやしないのに。でも分かりました。ここに座りますよ」

病院に着く前から何度も繰り返し言い含められて、さすがに察してくれたのか、晃が肩をすくめて廊下の長椅子に腰かける。

トントンとノックしてから、美里は病室のドアを開けた。

「お兄ちゃん遅～い。もう陽菜、ずうっと待ってたんだよぉ？」

病室へ入っていくなり、ベッドの上の陽菜にすねたような声で言われて、双眸《そうぼう》が緩んでしまう。美里に似たぱっちりとした目が印象的な陽菜は、年齢的にはもう中学生なのだが、まだちょっと子供っぽいところがあって、兄バカかもしれないがそこがとても可愛いのだ。

美里はにっこり笑って言った。

「悪りぃ、ちょっと寝坊しちゃってさ。調子どう？」

「今週はあんまりしんどくない。先生もいい感じだねって言ってくれてるの。退院はまだ無理だけど、外泊くらいはできるかもって」

「そっか。よかったなー」

陽菜は生まれつき心臓が弱く、小さいころに何度か手術を受けている。その後も入退院を繰り返していて、今回の入院のきっかけも軽い発作《ほっさ》だった。今は薬で安定しているが、いずれはまた手術をしなければならないと言われている。

莫大《ばくだい》な費用がかかる、大手術を。

「お兄ちゃん、家に帰ったら弾《ひ》けるかなぁ？」

「ん？」

「これ」

「ああ、もちろん。そのためにも入院頑張ろうって、約束したろ？」

ベッド脇のテーブルに、ケースの蓋《ふた》を開いて置いてあるバイオリンは、小さいころから習っている陽菜のために美里が奮発《ふんぱつ》した、ドイツの有名メーカーのものだ。買ったところで入院が決まったために、陽菜はまだほとんど触れてもいないけれど。

「……いいバイオリンですね。見せて頂いてよろしいですか？」

穏やかなテノールに、驚いて振り返る。あれほど入るなと言ったのに、晃が病室のドアを開けてひょっこり顔を出している。

「おまっ、入ってくるなっての……！」

陽菜に見えないように陰でしっしと手を振って追い出そうとしたが、晃は気にせず病室に入ってくる。そのままテーブルのところまでやってきて、バイオリンを眺めながら小首を傾げて言う。

「ゲオルク・ヴェルナー社のバイオリンですか。お年にしてはややグレードの高いタイプですね。これを選ぶなんて、いいセンスをしていますよ」

美里がなかなか覚えられなかったバイオリンメーカーの名前を、晃がよどみなく発音したから、驚いて目を見開いた。音大受験生も教えているという陽菜のバイオリン教師に勧められた楽器だが、美里は全く疎《うと》いのだ。

「晃……、おまえ、バイオリン分かんの？」

「何を言ってるんです。当たり前でしょう？　私はプロなんですから」

「……はあっ？」

いきなりの発言に、素《す》っ頓狂《とんきょう》な声を出してしまう。陽菜も戸惑《とまど》っているのか、怪訝《けげん》そうな顔で晃を見上げている。

晃がベッドへ近寄って、ゆっくりと身を屈《かが》める。

「こんにちは、陽菜さん。バイオリニストの堂本です。はじめまして」

そう言って晃が、陽菜の華奢な手を取ってそのままヨーロッパ貴族よろしく手の甲に口づける。言葉以上に予想外だった晃の行動に、陽菜ばかりでなくこちらも一瞬固まった。

その動作は、『セブンスヘブン』では通称お姫様プレイと呼ばれている、客の気分を盛り上げるための定番の演出だ。まさかリアルでこれをやる奴がいるなんて思わなかった。

だが、かなり世間知らずなところのある陽菜には効果抜群だったようだ。いつもは人見知り気味なのに、僅《わず》かに頬を染めながらもごもごと返事をする。

「……は、はじめまして。陽菜、です」

「お会いできて嬉しいですよ、陽菜さん。実は今日は、お兄さんに頼まれてあなたを慰問《いもん》しに来たのです。弾かせて頂いても？」

晃の言葉に驚いて、陽菜が瞠目《どうもく》する。

それからその瞳が、好奇心と期待とで輝き出す。

「バイオリンを、弾いてくれるんですかッ？」

「ええ。何がいいですか？」

言いながら晃が立ち上がり、バイオリンをひょいとケースから取り出して軽く調律する。

どうやら本当に弾く気らしい。こんなことは想像もしていなかったから、事の成り行きに驚いてしまう。

「あの、バッハとか、弾けますか？」

「もちろん」

こともなげに言って、晃が弓を構える。

ひと呼吸置いて、美里も聴いたことのある綺麗な旋律《せんりつ》が流れてきた。

（わ……凄え……！）

陽菜が鳴らす音とはまるで違う、明るくてキラキラした音色。

プロだというのはさすがに出まかせだとは思うが、門外漢が聴いても、晃のバイオリンの腕前の確かさはすぐに分かった。陽菜の顔が薔薇《ばら》の花みたいにほころんでいく。

陽菜があんなに嬉しそうな顔を見せるのは、何年ぶりだろう。

唖然としながら、美里はバイオリンを弾く晃を見ていた。本当にこの男はどうしてホストなんかになったのだろうと、大いに疑問を抱きながら。


楽器を始めるのには少し遅い七歳からバイオリンを習い始めたが、数年後には国内最高峰のジュニアコンクールで優勝。将来を嘱望《しょくぼう》されながらも、学業を優先して有名進学校へ進み、ストレートで超難関国立大学へと進学。学内オーケストラの海外演奏旅行で、誰もが憧れるパリの楽団から入団オファーをもらったが、自分はバイオリンに趣味以上の情熱を持てないからと、きっぱりと断った――。

病院の駐車場に停めた車まで歩く道すがら、晃から聞いたそんな話に、思わず天を仰《あお》いでしまった。世の中にはそんな贅沢《ぜいたく》な人間もいるのだ。陽菜が聞いたらさぞや驚くだろう。

「……おまえってホント嫌みな奴。ホストやってんの、マジでバカらしくなんね？」

そう言うと、晃はニコリと笑って答えた。

「前にも言いましたが、そんなことはありませんよ。バイオリンは兄への対抗心から始めただけですし、進学したのもたまたま成績が良かったからで、それほど強い希望があったわけではないのです」

「そーゆーとこが嫌みだっての。つか、兄弟いるんだ？」

「ええまあ、上と下に一人ずつ。全員異母《いぼ》兄弟で、全くそりが合わないのですけどね」

晃が家族の話をしたのは初めてだ。しかも何やらわけありといった感じだったから、驚いてしまう。

「異母兄弟か。何か複雑だな、結構」

「単純ですよ。下らない見栄《みえ》の張り合いや競争ばかりに明け暮れた挙《あ》げ句《く》、今は冷たく無関心。あなた方兄妹とは大違いです」

「ふーん、そういう感じなんだ……」

そんな複雑な家庭環境と何でもマルチにこなせる才能とが、晃の少々歪《ゆが》んだ性格を形作ってきたのだろうか。なまじバイオリンが上手かっただけに、何だかもったいないというか、惜《お》しいような気もする。

（でも今日は、陽菜のために弾いてくれたんだよな？）

こちらの希望を無視して強引についてこられたことは不本意だったけれど、久しぶりに陽菜の心の底からの笑顔を見られたのは、やはりとても嬉しいことだ。

素直な気持ちで、美里は言った。

「晃、今日はサンキューな」

「は？」

「陽菜のために、あんなふうにバイオリン弾いてくれて。何かちょっと俺、嬉しかったよ。ありがとう」

「美紗斗さん……」

どことなく戸惑った声で言って、晃がこちらを見返す。

明らかに当惑したような表情。晃のそんな顔を見るのは、初めてだ。

「……え、何？」

何かおかしなことを言っただろうかと考えてみるが、何も思い当たらない。一体どうしたというのだろう。

怪訝に思い、晃の顔を見つめていると、やがてその口の端に、微かな笑みが浮かんだ。

困ったような呆れたような声で、晃が言う。

「あなたは、本当に真っ直ぐな人なんですね。参るな、全く」

「あ？」

「でもね、美紗斗さん。あまり私に気を許さないほうがいいですよ？　私はあなたが思っているより、ずっと貪欲《どんよく》な男ですからね」

そう言って、晃がニヤリと微笑む。

「私はプロではないので、元々ギャラをもらうつもりはありませんでした。でもそんなに喜んでくれたならお代を頂くことにしましょう。いい機会だから、その可愛いお口でね」

「口？」

「分かるでしょう？　そろそろフェラチオくらい覚えて欲しいんです。お尻の方はもう、すっかりお上手なんですから」

「ちょッ、おまっ、何てこと言ってッ……！」

あまりにも卑猥な言葉に、美里ばかりかちょうど車に戻ってきた隣の車の主までがフリーズする。たぶん、わざと聞えよがしに言ったのだろう。悪戯《いたずら》が成功した子供みたいにクスクスと笑って、晃が独りでさっさと車に乗り込む。

「では美紗斗さん、また明日。ごきげんよう」

ひらりと手を振りながらそう言って、晃が車を発進させる。呆然と立ち尽くす美里を残して、晃はそのまま去っていってしまった。

「な、何なんだよ、もうっ！」

せっかく素直に感謝の言葉を伝えたのに、あんなふうに卑猥な言葉を返してくるなんて信じられない。もしかしたら晃にとっては、何もかもが戯《たわむ》れや退屈しのぎにすぎないのじゃないかと、そんなふうにすら思えてくる。片意地張ってあんな男とナンバーワン争いをしている自分がバカみたいな気がしてきた。

（でも、ギャラをもらうつもりはなかったって、そう言ってたよな……？）

それならどうして、あんなふうにバイオリンを弾いてくれたのだろう。

単なる自己顕示欲《けんじよく》か、思いつきか。それとももしかして、最初から美里にフェラチオをさせるつもりで――。

「や、やらねえ！　ぜってえやらねえし！」

誰にともなくそう言って、ズンズンと歩き出す。病院の駐車場を出て大通りに出ると、知らず染まってしまった頬に夕日が差してきた。眩《まぶ》しさに目を細めて立ち止まる。

きっと、単なる気まぐれだったんだろう。それ以上の意味なんてないに違いない。陽菜だって喜んでくれたんだし、それでいいじゃないか。

心に小さな疑問符を残しながらも、一応そう結論づけて、ふっと息を一つ吐く。陽菜の笑顔を思い出してまた嬉しくなりながら、美里は地下鉄の駅へと続く階段を下りていった。

それからも、晃は何度か病院についてきて、陽菜のためにバイオリンを弾いてくれた。陽菜はすっかり晃に懐《なつ》いて、何だか体調まで良くなったみたいだ。晃のことを「素敵な人」だなんて言われるのはちょっとばかり複雑な気分だけれど、早く良くなって家でバイオリンを練習したいからと入院生活に前向きになったのは、やはりとても嬉しいことだ。

陽菜にそんなふうに思わせてくれた晃には、素直に感謝の念を抱いている。

でもだからといって、口淫《こういん》をしようという気にまではならない。それじゃあ何だかやる気満々みたいだし、一応は男としてのプライドもあるからだ。だからその段になっても、美里は断固拒否し続けていた。

そんなある夏の夜の、ホストクラブ『セブンスヘブン』のシックな内装のVIPルームでのこと。

美里は革張りのソファに座り、ここ半年ほど姿を見せなかった指名客のために、自ら水割りを作っていた。ヘルプをつけず一対一でというのが、美里に本指名を入れてくれたときからの客の希望だからだが、今夜はちょっとばかり緊張している。

客の名は西野《にしの》。三十代前半の会社社長で、ホストクラブには珍しい、男性の常連客だ。

「なかなか来られなくて悪かったね、美紗斗。実はこの半年、仕事でロスに行きっぱなしだったんだ。僕が来なくて寂しかった？」

「え、ええ、もちろん。でもロスなんてカッコいいっすね。俺海外って行ったことなくて」

「ホントに？　じゃあ今度、僕が連れてってあげようか。海辺のコテージから眺める朝日、最高に綺麗なんだ」

西野が鷹揚《おうよう》に言って、隣に座る美里の肩にさりげなく腕を回してくる。顔が引きつりそうになるのをこらえながら、美里は水割りのグラスを西野の前に置いた。

（……くっつきすぎだってーの！）

特別な顧客をもてなすため、店の奥まった場所に設《もう》けられたVIPルーム。

ここはタレントや有名人など、あまり素性《すじょう》を知られたくない客がお忍びで来店したときに使う部屋で、店側が来店を公にしたくない客をもてなすために使う部屋でもある。

西野はその後者で、本来は男性客の単独来店は断るところを、信用と金払いの良さから店が特別に受け入れている客だ。高級シャンパンを店中に振る舞ってくれたり、店のイベントごとの際には必ず大きな花を贈ってくれたりと、かなり豪儀《ごうぎ》なところがあって、美里もありがたい太客として彼を頼りにしてきた。

だが今夜、久しぶりにＶＩＰルームで二人きりになってみて、不意に美里は気づいてしまったのだ。男である西野が、美里のために惜しみなく大金を使ってくれる理由に。

「美紗斗さ。しばらく見ない間に、ちょっと雰囲気変わったよね？」

「え、そうっすか？」

「うん。何だかとっても艶《つや》っぽくて、目もキラキラしてる。さては、恋人でもできた？」

西野が言って、探るような目をしてこちらを見つめてくる。濡れたようなその視線は、よくよく思い返してみれば西野が以前から時折《ときおり》美里に向けていたものだ。

肩に回した手でぐっと体を抱き寄せられ、冷や汗が出てしまう。

（やっぱこの人、そうなんだ……）

前から、かなりボディタッチが多い客だとは思っていた。でも一応男同士だし、正直これまで一度たりともそんな想像をしてみたことはなかった。

けれど晃に抱かれるようになったせいか、同性のその気のボディタッチとそうでないものの違いが、最近は何となく分かるのだ。

今思うと西野はたぶん、最初から美里をそういう目で見ていた。だからこそ派手に金を使い、ヘルプなしでの接客を求めていたのだ。今更のようにそう気づいて、自分の察しの悪さに呆れてしまう。

「や、やだなぁ、西野さん。恋人なんていませんよ～。だってこんな昼夜逆転生活じゃ、付き合ったりとか普通に無理だし」

「ふうん。でも夜働いてる人だって、世の中にはたくさんいるだろう？　キャバ嬢に風俗嬢、それにもちろん、ホストもだ。違うかい？」

さりげない口調で言われて、うろうろと視線が泳いでしまう。

まさか晃との関係がバレているはずもないし、そもそも晃は恋人ではないのだから焦る必要などないのだが、何故だか見透《みす》かされているような気がしておろおろしてしまう。

美里はわざと冗談めかして言った。

「は、はは！　ホストって西野さん、そんなまさか！　あり得ないっすよぉ！」

「おや、そう？　きみ可愛いし、男にだってモテるんじゃないのかい？」

「まったまたぁ、何言ってるんすかあ。まさかそんなこと、あるわけ、ぁンっ……！」

前触《まえぶ》れなく太腿《ふともも》をキュッとつかまれて、妙な声を出してしまった。内腿《うちもも》の筋が男の感じる場所だと知ったのは、晃に触れられるようになってからのことだ。

　西野が驚いたような顔をして笑う。

「あれ、反応したね。これまで男の僕がいくら触れても、きみは全然反応しなかったのに。もしかして美紗斗、なんか意識してる？」

「や、そ、そんなこと……、わぁっ……！」

　肩に回された腕でいきなりヘッドロックされ、思わず叫んでしまう。

　VIPルームの外には聞こえなかったようだが、たとえ聞こえていたとしても、きっと男同士ではじゃれているようにしか見えない。おそらくそれを計算しているのだろう、西野がテーブルの下で、ゆっくりと太腿を撫でてくる。

「やっぱりきみは変わったよ、美紗斗。前は部屋飼いの可愛い小動物って感じだったのに、今は何となく野生っぽいっていうか……。もしかして僕が来ない間に、ちょっぴり大人の階段登っちゃった？」

「そ、そんなっ！　てか、野生って何すか！」

「僕の率直《そっちょく》な印象さ。で、美紗斗。本当に恋人、いないの？」

「……い、いませんけど」

「女の子だけじゃなくて、男もだよ？」

「と、当然です！」

強く否定するようにそう言うと、西野は満足そうな顔をした。

「そう。じゃあ、今夜誘ってもいい？」

「は？」

「誰かのものになっちゃう前に、美紗斗と店の外で逢いたいんだ。帝都ホテルのインペリアルスイートなんかどう？　常宿なんだ」

「え、ホ、ホテル？」

何やら話の雲行きがおかしい。こわごわ顔を上げ、西野の顔を見つめると、西野は意味ありげな笑みを浮かべてこちらを見返してきた。

「美紗斗。僕は新人のころからずっときみを見てきた。きみをトップにしたっていう自負も、少しばかりある。聞いた話じゃ最近は、やり手のナンバーツーに追い上げられて大変らしいじゃないか」

「え、えーと、うーん……、それはまあ、そうなんすけど……」

「僕は、きみにはこれからもずっとナンバーワンでいて欲しいと思ってる。だからもっと僕と親密になって欲しいんだ。僕の言ってる意味、分かるだろう？」

「に、西野、さん」

露骨《ろこつ》に枕《まくら》営業を求められ、一瞬言葉に詰まってしまう。ついに来てしまったという衝撃と、何とか円満に切り抜けなければという焦りとで、背中が汗ばんでしまう。

「あ、あの、西野さん、でも俺……、ぁっ……！」

衣服の上から股間を押さえられ、ビクンと体が震えてしまう。まさかそこまで際どいことをされるとは思わなかったから、嫌悪感に胃の辺りがむかついてくる。

美里の耳元に口唇を近づけて、西野が囁く。

「怖がらなくていいよ、美紗斗。こう見えて僕は経験豊富でね。最初は誰でも不安だけど、慣れればすぐに……」

「――――失礼致します、西野様」

突然VIPルームに鋭く響いた、店長蒲田の野太い声。西野がさっと手を離す。中に入ってきた蒲田が、静かに西野の脇に屈んで言う。

「お楽しみのところ大変申し訳ございません。当店は間もなく閉店時間でございます」

蒲田は結構ガタイがよく、よくそっち系の人と間違われるような外見をしている。その迫力に気圧されたのか、西野が作り笑いを浮かべる。

「え、もうそんな時間？　美紗斗といると、あっという間だなあ」

西野が言って、さっと立ち上がる。

「じゃ、今日のところは帰るよ。久しぶりに美紗斗の顔が見られて、楽しかった」

そう言ってこちらを見つめる西野の目には、もうあやしい感じはない。特別待遇されている客だけあって、さすがに引き際は心得ているようだ。

美里も取り繕《つくろ》うように言った。

「ち、近いうちに、また是非いらして下さい。本日はご来店ありがとうございました」

そうは言っても、本当に来たらちょっと面倒だ。またあんな話をされる前に、何か上手い切り返し方を考えておかなくては。

エントランスまで送り、ハイヤーに乗り込んで帰っていく西野に深々と頭を下げながら、美里は小さくため息を吐き出した。


「災難でしたね、美紗斗さん」

閉店後、美里は店のバックヤードにあるロッカールーム兼休憩室で、ベンチに座ってドリンク剤を飲んでいた。そこに晃がやってきたから、びっくりしてしまう。もう店長も帰ってしまったから、自分しか残っていないと思っていたのに。

「何だ、まだいたのかおまえ。てか、災難って何？」

「西野様ですよ。随分と酔っておられたようではありませんか」

言いながら晃がこちらへやってきて、さりげない声で言う。

「今後ＶＩＰルームには、監視カメラをつけたほうがよさそうですね。何か間違いでもあったら困ります」

「間違いっておまえ、まさか見てたのか？」

「ええ。それで、蒲田さんにお話を」

「何だ、そういうことだったのか。ったくおまえもヒマだよなあ」

何気ない調子を装《よそお》ってそう言ってみたが、西野に触れられて感じた嫌悪感が不意に甦《よみが》ってきて、少しばかりブルーになる。

晃がそう思っているように、飲みすぎていたがゆえの言動というのなら、単なるイタい客だと軽く流せもする。だが西野はほとんど飲んでいなかった。それだけに始末が悪い。

（けど、考えてみたらこいつだってそうなんだよな）

ナンバーワンでいさせてやるからと枕営業を迫ってくる客と、ナンバーワンになれない腹いせに人の体を好きなようにしている同僚ホスト。

結局は同じ穴のムジナみたいなものなのに、助けてやったようなことを言われても釈《しゃく》然《ぜん》としない。気遣うような晃の様子にも、何だか白々しさを覚える。

美里は肩をすくめて言った。

「別に、あんなの屁でもねえし。こういう仕事やってりゃ、よくあることだろ？」

「よくあること？　いやらしく体に触れられるのがですか？」

「……はぁ？」

思わぬことを言われて驚いてしまう。

自分はそれ以上のことをしてくるくせに、一体何を言っているのだろう。

「いやらしいっておまえ、ちょっとおさわりされただけじゃねえか。あれくらいなんてことねえよ」

いつもの強気でそう言うと、何だか本当にそんな気がしてきた。調子に乗って、美里は続けた。

「つーかむしろ、アレでいくら稼げるもんなのかなって、こっそり計算しちまったくらいだ。金になるならそれもありかなーって」

その言葉に、晃が僅かに眉を顰める。

「それは……、枕営業という意味ですか？」

「悪いかよ？　誰かさんのおかげで突っ込まれるのは慣れてるし、何たって西野さん、上手そうだしさ。いっぺんくらい抱かれてみよっかなー、みたいな？」

全くそんな気などなかったのに、ついついいつものクセでそんなことまで言って、晃をねめつける。

けれど晃は、黙ってこちらを見ているばかりだ。いつものようにイヤミったらしい言葉の一つも言われるかなと思っていたから、何となく拍子抜けしてしまう。

「……何だよ、だんまりか。らしくねえの」

そう言ってみたが、このまま下らない言い合いを続ける気もなかった。小さくため息をついて、美里は立ち上がった。

「俺、そろそろ帰るわ。とりあえず店長には、別に気にしてないって言ってたって伝えといてよ。おまえあの人とツーカーみたいだしさ」

言いながら、さっと晃の脇をすり抜けようと歩き出す。するといきなり晃にグッと腕をつかまれて引き戻された。そのままロッカーに背中を押しつけられて、慌ててしまう。

「ちょ、やめろよ、離っ――」

いつもみたいに押さえ込まれかかったから、抗議の声を上げようとした。でも、何故だかそれができない。声が出せないどころか息も吐き出せず、こめかみがかあっと熱くなる。一体何が起こったのだろう。

我が身に起こっていることを確かめなければと、僅かに身じろいだ途端、口唇に感じる熱に気づいてギクリとした。

晃の、口唇。思いのほか熱を帯びたそれが、自分の口を塞いでいる。

（な……！）

今まで散々やられてきたが、何故だかキスをされたことはなかった。思わぬ事態に仰《ぎょう》天《てん》し、両手を晃の胸について体を離そうとしたけれど、晃に両手をつかまれてロッカーに縫《ぬ》いつけられた。胸を合わされて体で押さえ込まれ、身動きが取れなくなる。

抵抗するすべを失った美里の柔らかい口唇を、晃の舌が容赦なく割り開く。

「……ん……ふっ……！」

熱く肉厚な、晃の舌。

獲物を狙う触手《しょくしゅ》のようなそれが、美里の戸惑う舌をもてあそぶ。舌下をまさぐられ、上顎をヌルリと舐められて、背筋にビリっと痺《しび》れが走った。

こんな濃密なキスをされたのは初めてだ。貪欲《どんよく》に奪われる感覚に、おびえながら晃の瞳を見返すけれど、その切れ長の目にはどんな感情の色もない。熱い舌に一方的に口腔を犯され、中の感じる場所までも探り当てられて、やがて立っているのすら危ういほど頭がぼうっとしてきた。

キスに酔い、抗う気持ちすらも吸い取られたように脱力してしまった美里から、晃がすっと口唇を離す。

「……ほう。キスの感度は悪くないですね。その顔も、なかなかそそる」

「な、に、言って……」

「次は下を試しましょうか。私をしゃぶりなさい、美紗斗」

「は……？」

突然そんなことを命令口調で言われて、言葉の意味が分からなかった。

じっと見返した晃の瞳には、やはり感情の色はない。

いきなりしゃぶれって、それは一体――――？

「晃……。おまえ、何言って……？」

「あなたが実際に売りでいくら稼げるのか、私が今ここで算定して差し上げます。まずは私の前にひざまずいて、お口で満足させてみせなさい。枕営業をしようというからには、それくらいできるんでしょう？」

至って軽い口調だが、晃の目は笑っていない。もしかして本気で言っているのだろうか。でも、こんなところでそんなことをするなんて絶対に嫌だ。冗談じゃないと首を振ると、晃がせせら笑うような声で言った。

「おや、もしかして自信がないのかな？　調子のいいことを言っても、所詮口先ばかりということですか。まあ、あなたが基本マグロなのは、私が一番よく知ってますがね」

「んだとっ！」

あからさまにバカにされて、カチンと来てしまう。枕営業なんて話の流れだったし、ベッドでいつもされるがままになっているのも本当だけれど、マグロだなんて言われるのはさすがに心外だ。

「バ、バカにすんなよっ。それくらいできるさっ！　簡単じゃねーか、フェラなんて！」

まるっきり売り言葉に買い言葉だが、晃にされたことならあるし、男同士感じる場所くらい分かっている。ひざまずけというのは癪《しゃく》に障るが、どうせなら立っていられないくらい、晃を感じさせてやる――。

すっかり憤慨《ふんがい》してしまい、そんなことを思いながら、美里は晃の前に膝をついた。

晃のスラックスの前を開き、下着の中から表に出した晃自身は、まだほとんど欲望の色を示していない。

美里は思い切ってそれを口に含み、根元に手を添えて鈴口の辺りをてろっと舐めてみた。

「……ん、っ……！」

口腔に広がったのは、微かな苦味と雄の香りだ。予想外に野性的なその香りに眉を顰めると、晃がクッと喉で笑った。

「そんな顔をしてはいけませんね、美紗斗さん。あなたはこれが大好きなはずでしょう？　あなたのお尻は、いつももっと美味しそうにこれをしゃぶっていますよ？」

卑猥な言葉に頬が染まってしまう。男を舐めている顔を見られる羞恥もかなりのものだが、ここでやめたらこっちの負けだ。とにかく早くすませようと、美里は晃に吸いついてゆっくりと首を動かし始めた。

だが懸命の吸引にも、晃はいつまでも半勃《はんだ》ちのままで、なかなか大きく育ってこない。いつも何もしなくてもガチガチになっているのに、一体どうしてなんだろう。

ほんの少し焦りを感じて、チラリと晃を見上げると、じっとこちらを見下ろしている晃と目が合った。

その目に何やら怒りのような感情が浮かんでいたから、ビクッとして目を逸《そ》らしてしまう。

（晃……何で、怒ってんだ？）

晃の表情は、今まで見たこともないような冷たいものだった。もしかして、あまりにも美里のフェラチオが下手だからだろうか。

でも嘲笑うのならともかく、晃が今更そんなことで怒るとも思えない。

妙な焦燥感を覚えながらも、とにかく奉仕を続けてみるが、どんなに頑張っても晃は反応してくれなかった。

やがて顎と腕がだるくなってきたころ、晃がふうっと深いため息を洩らした。

「全く、ひどいものだな。本当にこの口で、西野様を咥《くわ》えるつもりだったのですか？」

そう言って晃が、美里の髪を梳《す》くように頭皮に指を滑《すべ》らせ、ゆっくりと顔を上向かせる。

「私すらも満足させられないようでは、西野様だろうが誰だろうか、お金なんか払っちゃくれませんよ？　ちょっと自惚《うぬぼ》れすぎなんじゃないですか、あなたは」

嘲笑するような晃の言葉に、顔を睨みつけてしまう。晃が薄く笑って言う。

「ふふ、またそんな顔をして。でも、いつまでそうしていられますかね？」

「……んっ！　んッ、んんーっ！」

突然両手で頭を押さえられ、ロッカーの扉に後頭部をドンと押しつけられて、小さく抗議の声を上げた。

だが晃がそのままやおら腰を使い始め、美里の口腔に己を突き入れ始めたから、その声は呻きへと変わってしまう。

「んぐっ、うぅっ、く、ふ……！」

雄を相手に咥えさせて頭を押さえて抽挿するその行為を、確かイラマチオとかいうのだったか。まさかこんな乱暴なことをされるなんて思わなかったから、パニックに陥ってしまう。

慌てて晃の手を引き剝《は》がそうとするけれど、その手はがっちりと美里の頭をホールドしていて、美里はなすすべなく口腔を犯されるばかりだ。

荒々しく淫らな行為に、冷や汗が出てくる。

（……う、く、苦し、い……！）

こんなシーンを、安いＡＶか何かで見たことはあった。

だが自分がされてみるまでこんなにも苦しく、そしてどこまでも恥辱的な行為だとは想像もしなかった。あんなにも無反応だった晃の雄が少しずつ反応し始めたことも手伝って、凌辱《りようじよく》されているみたいな気持ちになってくる。

（嫌だ、こんな、の……！）

今までどんなふうに美里をもてあそんでも、晃にはどこかこちらを気遣うみたいなところがあったのに、これではまるでただのサディストだ。こんな手酷いことをするなんて、やっぱり晃は何か怒っているんだろうか。

でも一体何が、晃の怒りに触れてしまったんだろう。美里は言われた通りにしただけだし、枕営業だって、本当はする気もないのに――。

「……ん、んっ、……ほっ、ごほ、ごほっ！」

不意に口虐《こうぎゃく》から解放されて、美里は大きく咳き込んだ。

喉を押さえて涙目で晃を見上げると、晃に腕をつかまれて立たされ、そのまま体をベンチの上に投げ落とされた。乱暴に下だけ脱がされ、大きく肢《あし》を開かされたから、レイプする気なんだと震え上がった。

「や、晃ッ、やめっ、やめ、てっ」

「黙って。濡らしますから、動かないでいなさい」

「……ぁ、ふ――！」

突然生温かくぬめるものに後孔をなぞられて、変な声が出てしまった。

一瞬何が何だか分からなかったけれど、晃がそこを舌で舐めたのだと分かって仰天する。

そんなことをされるなんて初めてだ。ぴちゃぴちゃと音を立てて窄まりを舐め回され、頭が熱くなる。

「や！　な、何、やって！　よせよ、そんなとこっ！　汚、な……！」

まさかそんなところを舐められるなんて思わなかったから、いたたまれなくて泣きそうだ。逃れようと腰を捻るけれど、膝裏を手で押さえられ、肩につくほど押し上げられて、硬いベンチの中で体を折られて動けなくなる。

僅かに上向かされた美里の窄まりを、晃の舌先が穿《うが》ってくる。

「あん、あ、あき、ら、や、ぁ……！」

ズチズチと舌を挿し込まれ、中までたっぷりと唾液で濡らされて、ぶるぶると背筋が震えてしまう。美里の中をまさぐる様子は先ほどのキスのように貪欲で、意識までも揺さぶられる。内股にかかる晃の吐息は熱っぽく、晃がひどく昂ぶっているのが伝わってくるようだ。濃厚な愛撫に、こちらの体芯もジンと熱を帯びてくる。

（……なんかもう、わけ、分かんねえ……）

いきなりキスをしてきたり、凌辱まがいの口淫を強《し》いたり、甘く蕩《とろ》けるようなアニリングスを施《ほどこ》してきたり。行為の振幅《ふりはば》が激しすぎて、もはや全くついていけない。

晃の感情も読めなくて、混乱したまま恥ずかしさに耐えていると、やがて晃が体を起こし、切っ先を後ろに押し当ててきた。そのまま先端部分をねじ込まれ、ヒッと息をのむ。

「あんっ、待っ、そ、な、まだっ……！」

唾液で濡らされてはいたが、ローションもクリームもなしに繋がれるのは初めてだ。晃の熱とボリュームがいつもよりもダイレクトに伝わってきて、ほんの少し恐れを感じる。

だが晃は無言でこちらを見つめたまま、じわじわと美里を貫いてくる。間近に見上げるその目が、何やら切羽詰《せっぱつ》まったように細められていたから、何だか驚いてしまった。

晃がそんな余裕のない表情をするのも初めてだ。一体どうしてしまったんだろう。

慄きながらその顔を見上げていると、晃がこちらをじっと見据えながら、いきなり激しく腰を揺すぶり始めた。

「ひうッ、くうっ、あぁぁっ――――！」

初めから全く手加減なしの、深く大きなストローク。

一方的に蹂躙され、こちらは身じろぎ一つできない。内臓が押し上げられるような感覚に、怖くなって呻きながら首を振るけれど、晃は構わずピッチを上げ、貪《むさぼ》るように美里の肉筒《にくづつ》を貫いてガツガツと腰を打ちつけてくる。まるで欲望のコントロールが利かなくなってしまったかのようだ。

（晃……、何で、こんなっ……！）

晃の顔には、もう明らかな欲情が浮かんでいる。いつもは涼しげな額が淫蕩の汗に濡れ、息遣いが荒々しいものへと変わっていく様に、こちらはただただ驚愕するばかりだ。

そんなに我を忘れてしまうほど、晃は腹を立てているんだろうか。一体どうして、何に――――？

考えようとしてみるけれど、獰猛《どうもう》な雄に容赦なく内腔を擦り立てられて、美里の思考も徐々に麻痺していく。男に馴れた体は意思とは関係なく熟《う》れていき、やがて美里の息も大きく乱れ始めた。

「……あぁっ、はあっ、凄っ、あき、らっ、凄、えッ！」

こんな状態で感じ始めた自分が信じられないが、触れられてもいない美里の欲望は知らぬ間に大きく育ち、先端からはたっぷりと蜜液が滴ってくる。中も甘く蕩けているのか、晃が出入りするたび結合部からはぬちゅぬちゅといやらしい水音が上がってきた。

ひたひたと内腔に広がっていく快感に、やがて内襞が淫らに蠢動《しゅんどう》し始めて——。

「んあぁ、晃っ、も、ぃくっ、達く、ぅッ……！」

たまらず、泣きの入った声で叫ぶと、晃が苦しげに眉根を寄せてきつく目を閉じた。

そのまま二度、三度と美里の最奥を突き上げ、哮《たけ》るような声を上げて、晃が美里の奥深くで己を解き放つ。その熱に、美里の欲望も大きく弾けた。

「……っ、……！」

後ろだけで達したのは、これが初めてかもしれない。

絶頂のあまりの激しさに、下肢が震えて声も出せない。前から溢れ出した白蜜が衣服に飛び散り、鼻先に雄の香りが広がると、知らず涙が出てきた。

晃がハッと目を見開いて、こちらの顔を覗き込んでくる。

「美紗斗、さん？」

「……あき、ら……！」

溢れてくる涙は、たぶん感情とは無関係の生理的なものだ。

でも抱き人形みたいに扱われ、それでも感じてしまった自分にはひどく腹が立つ。

美里は絞り出すように叫んだ。

「晃っ！　て、めっ、許さっ、ねえぞっ……！　好き勝手、しやが、っ……」

いつもの強気で、思い切り罵《ののし》ってやりたかったのに、前だけで達したときと違いなかなか下腹部の収縮がおさまらず、言葉が途切れ途切れになってしまう。体が痙攣したようになって、腹から下に力が入らないのだ。

それでもいつもの美里だと思ったのか、晃がホッとしたような顔をする。

けれどそれはすぐに消え去り、代わりに冷酷な表情が浮かんだ。嘲るような声で、晃が言う。

「……気持ちよく出すものを出しておいて、その言い草はないと思いますがね。それに美紗斗さん、知らないんですか？　西野様はああ見えてかなりの性豪だという噂ですよ？

あの人に抱かれたら、淫らなあなたは壊れるまで達かされて、ボロボロにされてしまうかもしれませんね」

「なっ……」

「まあどっちにしろ、それ以前の問題ですけど。いくらもらうつもりだったか知りませんが、こんな体《てい》たらくではした金にもなりません。舐めてるんですか、あなたは」

　辛《しん》らつな言葉に、哀しくなってくる。軽く言った言葉のせいで、まさかそんなふうに言われるなんて。

「せっかくですから、たっぷりいたぶってあげますよ。もう二度と枕営業をしようなんて思わなくなるくらいまでね。あなたは、私に抱かれて啼いてればいいんですよ！」

　そう言う晃の顔には、また怒っているみたいな表情が浮かんでいる。

　美里はよどんだ目をして、再び腰を使い始めた晃の顔を見上げているばかりだった。


「美紗斗さん、大丈夫ですか」

　晃の声に、ぼんやりと目を開く。とことんまでやり尽くされて、もうベンチから起き上がる気力もない。抗う元気もなかったのでツンと顔を背けたら、晃が苦笑した。

「すみません。ここまでするつもりはなかったのですが、何だか抑《おさ》えがきかなくて」

　そう言って晃が、ロッカーから持ってきたウエットティッシュを取り出す。

　寝ころんだままの美里の後ろを拭《ぬぐ》い、あちこち飛び散った白濁液と顔に残る涙の痕《あと》とを優しく拭《ふ》き取りながら、晃が小さくつぶやく。

「やれやれ、私も焼きが回ったものだな」

「……？」

「ああ、いえ、こちらのことです。それより美紗斗さん。枕営業なんて絶対にやめなさい。あなたはそんなことをすべきじゃない。店のナンバーワンとしても、一人の男としても」

「……は……？」

荒淫《こういん》に蕩けた頭に突然届いた強い言葉に、一瞬呆気に取られてしまう。まじまじと顔を見返すと、晃が更に語気を強めて言った。

「約束して下さい、美紗斗さん。西野様のご要望にお応えするのは店の中だけにすると。彼に身を任せるようなことは、決してしないと」

「晃……。おまえ、まだそんなこと……」

元々勢いで言ったことだし、たった今自分には無理だと身を以《もっ》て知ったばかりだ。小さくため息をついて、美里は言った。

「しねえよ、枕なんか」

「本当に？」

「ああ。つうか元々、勢いでそう言ってみただけで、別に本気だったわけじゃ……」

言いかけた美里の言葉に、晃がふっと双眸を緩ませたから、言葉を途中でのみ込んだ。心底安堵《あんど》したような声で、晃が言う。

「そうですか……。よかった。それを聞いて安心しましたよ」

「安心？　……って、何だよそれ、おまえが言うかよっ？　こっちはマジでヤり殺されるかと思ったっつーのによ。俺のこと好きにしてるおまえがそんなこと言うの、何かちょっとおかしくね？」

「それはまあ、確かにそうですが」

そう言う晃は、何だか困ったような顔をしている。

さっきまでのサドっぷりからするとあり得ないくらい頼りない表情だ。今更そんな顔をされても、逆にこっちが困ってしまう。晃は一体何を考えているんだろう。

（つか……、よくよく考えたら俺、あそこまでされる筋合い、なくね？）

晃は恋人ではないし、セックスだって借金の取り立て代わりにしているだけだ。たとえ美里が誰と寝ようが、それを晃にどうこう言われるような関係ではないはずだろう。なのにあんなふうに無茶苦茶に抱いてきて、果ては安心したとか、もう全然意味が分からない。

美里は剣呑《けんのん》な声で言った。

「てか、おまえさ、何かメッチャクチャにキレまくってたけどさ……。俺が本気で枕やるつもりだったとして、そもそもそれ、おまえに関係あるか？」

「うーん……。ないかもしれない、ですねえ」

「だよなっ？　俺もその辺あんま考えてなかったから、アレだけどさ……。やってるからって、さりげなく仕事のことまで指図《さしず》すんなよ。何かちょっと、ムカつくし！」

強引なセックスに対するせめてもの反抗のつもりもあって、強気な声でそう言ってみる。するとと晃は妙に寂しげな顔をして、美里から視線を逸らした。

「……本当につれないですねえ、あなたは。でもまあ仕方ないですね。まさかこんな気持ちになるなんて、自分でも思わなかったし」

「こんな気持ち？　って、おまえ、さっきから何言って……？」

問いかけようとした瞬間、晃が彼には珍しく切なげな目をしてこちらを見返してきた。どこか恥じ入るような、許しを求めるような、そんな目。

その目を見た途端、美里ははたと思い至った。

もしかしたら晃は、西野に抱かれようとした美里にヤキモチを焼いたのではないか、と。

あの突然のキスや、後ろを舐《ねぶ》っていたときの熱っぽい吐息や、焦れたみたいに性急なセックス。そして何より、さっきから晃の言葉の端々《はしばし》に滲み出ている、思わせぶりなトーン。

そこから出てくる答えは、もうそれくらいしか考えられない。

でもヤキモチというのは、普通は誰かを好きだからこそ感じる感情だ。晃が美里に対してそんなふうに思うということは、それはつまり、彼は美里のことを――――。

（あり得ねえ！　それはあり得ねえだろ！）

自分の導き出した結論を、慌てて全力で否定する。赤面してしまいそうで、さっと晃から顔を背けたけれど、今度はおかしな沈黙に冷や汗が出た。西野が迫ってきたときとは違う、何やら甘ったるい居心地の悪さに、ドキドキと心拍が速まってしまう。

初めてのキスの甘い感触や、美里を抱く晃の荒々しい息遣い。そして体内で感じた、晃の蜜液の熱さ。

そんなものが、何故だか脳裏に甦ってくる。

それればかりでなく、これまで何度となくした彼との行為までもが、今までとは微妙に違った色合いで思い出されてきて――。

（……無理！　もう今日は無理ッ！）

西野に迫られたことからして、今日は相当心に負荷がかかっている。この上晃との関係までもがわけの分からないほうへスライドしてしまったら、もう頭がパンクしてしまう。

とにかく、今日はもう帰ろう。帰ってシャワーを浴びて寝てしまおう。

そう思い、美里はさっとベンチから起き上がって衣服を整えた。

晃が気遣うように訊いてくる。

「動けるんですか、もう？」

「……ああ、平気。俺、帰るわ」

「そうですか。ではせめて送らせて下さい。あなたの家まで」

「いい、独りで帰れるし！　つか、家まで来られても困るし……。また、明日な！」

大慌てでロッカーから荷物を取り出し、バタバタと部屋を出る。呼び止める晃の声を振り切って、美里は店の裏口から逃げるように出ていった。

借金の取り立てと称して人の体を好きにして、それをナンバーワンになれない腹いせみたいにしていた晃が、まさか自分のことを好きだなんてあり得ない――。

その晩、独り帰りついた自宅アパートで眠れず昼まで悶々《もんもん》としながら、美里は何度も自分にそう言い聞かせていた。

でも一度もしかしたらと思ってしまうと、疑念はなかなか振り払えないものだ。翌日の晃はいつもと変わらぬ様子だったのに、こちらはすっかり意識してしまい、あれからまともに目も合わせていない。

ホストとして、ときには客と思わせぶりな会話のやりとりをしたりもするというのに、自分のこととなるとこの有り様なのかと、何だかちょっと情けない気分だ。

だが、あれから晃の態度もいくらか変わった。そのせいで美里は、何やら落ち着かない日々を送っていた。

「美紗斗さん、襟元《えりもと》が開いていますよ？」

「……！」

お盆《ぼん》限定浴衣《ゆかた》オンリーイベントで盛り上がる『セブンスヘブン』の狭苦しい洗面所で、

鏡越しに晃に声をかけられ、驚いて固まってしまった。

浴衣を粋《いき》に着こなした晃が、ニコリと笑って言う。

「なかなか楽しい企画ではありますが、やはり和装は難しいですね。こちらを向いてごらんなさい。直して差し上げますから」

「……お、おう……」

ぎこちなく言って、晃を振り返る。

晃の長い指が浴衣に触れたのと同時に、顔に彼の息がかかった。狭い場所でのニアミスに、ドキリとしてしまう。

チラリと晃を見上げると、彼もこちらを見返してきた。その目が何だか熱っぽかったから、顔が熱くなってしまう。美里は慌てて顔を伏せた。

(落ちつけ、俺！)

好かれているのかも、と思っただけで恥ずかしくなって、顔が真っ赤になってしまう。まるでウブな中高生みたいな反応をしてしまう自分に、自分でもどうしていいか分からない。まして晃は、もっと恥ずかしいことをたくさんした相手だというのに、どうしてこんなふうになってしまうんだろう。

「……これでよし、と。着崩すのはいいですが、あまり大きく胸元を開くといささか下品に見えます。あなたはこれくらいがいいと思いますよ？」

「さ、さんきゅ。晃、和服にも詳しいんだな」

「基本くらいはね。それにしても……」

晃が言って、こちらを上から下まで眺めてから、うっとりとした顔で続ける。

「思った以上によく似合いますね。とても可愛いですよ？」

「なっ、か、からかうなよっ！」

「からかってなどいません。西野様がいらしたのが昨日で、本当によかったと思っています。あなたのそんな姿を見たら、彼はきっと欲情を抑えることができないでしょうから」

そう言うおまえはどうなんだ――。

ほとんど反射的にそう思ったけれど、それを聞く勇気はない。甘い答えを期待するような気持ちもないとは言わないけれど、もしも私も同じ気持ちですなんて言われたら、きっと今日はもう仕事にならないだろうから。

このもやもやした状態を脱せるのなら、それでもいいような気もするが。

（こいつホント、何考えてんだろ……）

あのロッカールームでのせわしいセックスから、ひと月。

今みたいにあれこれ気遣ってくれたり、甘い視線や意味深な言葉を投げかけてきたりするくせに、あれから晃は一度も美里に手を出してこない。一時はとことんハマってしまうかもと恐れるくらい求められていただけに、この引きにも何か意味があるような気がして、こちらはかなり戸惑っている。

だが何より戸惑っているのは、自分自身の感情だ。

自分でも信じられないけれど、晃が触れてこないことに日に日に物足りなさというか、寂しいような思いを抱きつつある。こんな気持ちになるなんて、思ってもみなかった。

体だけの関係から恋が芽生《めば》えるようなことが、本当にあるのだろうか。

(――てか、恋って何だ恋ってッ！)

自分の想像に自分で焦って、また顔が赤くなってしまう。

晃が自分のことを好きかもしれないと想像することと、自分の気持ちがどうなのかというのは別のことのはずなのに、ぐるぐる考えている間にわけが分からなくなってしまった。

一体どれだけリアル恋愛慣れしていないのだろうと、自分で自分が悲しくなる。

内心あわあわしている美里に、晃が不意に訊《き》いてくる。

「ところで美紗斗さん。ヒロさんのこと、何か聞いてませんか？」

「え、ヒロ？」

「ええ。今日もですけど、最近頻繁にお店を休んでいるでしょう？　具合でも悪いのかと気になりまして」

そういえば、このところ何日か顔を見ない日があった。あまり気にしてはいなかったが。

「さあ。ヒロにはあんまりかかわらないようにしてるから。先月もおまえを追い抜けなかったから、ふてくされてんじゃねえの？」

先月のナンバー争いは、実質晃とヒロのナンバーツー争いが一番熾烈だった。僅差で晃が勝ったと分かったあと、ヒロは店裏でゴミ箱をぶっ壊していた。ときどき休むようになったのは、それからだ。

「まあ、ナンバースリーはいつものことだし、気にすることもないんじゃね？」

美里は言って、それからふと思い出して続けた。

「そういや、おまえんとこのあの令夫人、今日は来てないな？」

「……天海《あまみ》様のことですか？」

「そうそう。あの人がいなきゃ、先月はもしかしたらヒロが二位だったかもだろ？」

天海律子《りつこ》という名の、いつも和服に身を包んだしっとりとした熟女は、ずっと晃のところへ通ってきている客なのだが、接客には常にＶＩＰルームが使われていた。美里はかなりの太客なんじゃないかと睨んでいる。

「一体何者？　クラブのママかなんか？」

さりげなく訊くと、晃は一瞬こちらの顔をじっと見て、それからニコリと微笑んだ。

「教えません」

「んだよ、しっかりしてんな。ま、誰が来ようが俺は負けねえけどな！」

「ふふ、相変わらず強気ですね。あなたに勝てないのには慣れましたけど、私もふてくされるかもしれないとは思わないんですか？」
晃が言って、クスリと笑って続ける。
「でも正直、もう勝ち負けなどどうでもいいのですが。私はこの店で、トップを獲《と》るより
もっと素敵な宝物を見つけたんですから」
「あ？　宝物？」
問い返すと、晃の顔にふっと艶っぽい表情が浮かんだ。濡れたような目をしてこちらを
見返す晃に、固まってしまう。
「……分かっているくせに。案外意地が悪いんですね、あなたは。悔しいから、絶対に教
えません」
甘い響きの声でそう言って、晃がひらりと身を翻《ひるがえ》す。洗面所を出ていく広い背中を、
美里はゆでダコみたいな顔で見送っていた。

やっぱり晃は、自分のことを好きなのかも――――。
改めてそう思ったら、もう仕事に集中することなどできなくなってしまった。仕方なく
グラスを干《ほ》すことに気を注《そそ》いでいたら、いつの間にかへべれけになっていたようで、店が
閉まった瞬間、美里はＶＩＰルームの長いソファの上に倒れ込んでしまった。

たぶんそのまま一、二時間眠っていたのだろう。晃に揺すぶられて目を覚ましたときには、店にはもうひと気がなかった。

「……美紗斗さん、起きなさい。携帯が鳴っていますよ？」

「ンー？」

「携帯に着信です。発信者は……、『女医木村《きむら》』。おや、この人はもしかして？」

木村は陽菜の主治医の若い女医さんだ。がばっと体を起こし、晃から携帯をひったくる。だが出ようとした瞬間、ぷつっと切れてしまった。酔った頭を何とか回して、慌ててかけ直す。

「あれ、何でッ？　話し中だぞ？　急患か？」

「落ち着いて。一度電話を切って下さい。もしかして病院からですか？」

「ああ、たぶん。どうしよう、陽菜に何かあったのかなっ？」

慌てて立ち上がろうとして、激しいめまいを覚えた。飲みすぎて体が全く言うことを聞かない。晃が察して、さっと歩き出す。

「タクシーをとめてきます。そこにいて」

「悪り……。クソッ、何で繋がらねんだ！」

陽菜の見舞いに行ったのは三日ほど前だ。そのときには外泊の説明をされる程度には元気だったのに、何かあったのだろうか。

何度かかけ直すうち、携帯の電池が切れて電源が落ちてしまった。

不安な気持ちになりながら、晃に付き添われて病院まで行き、夜間受付で名前を言うと、しばらくして木村がやってきた。

アラサーとは思えないくらい貫禄《かんろく》のある声で、木村が言う。

「……原川さん。連絡したらすぐに出てくれないと困ります。何回鳴らしたと思ってるんですか」

「す、すいません。それであの、陽菜はッ？」

「軽い発作を起こしましたが、もう落ち着きました。命にかかわるものではありません。でも、外泊は当分延期ですね」

「そうですか……」

まずは安堵して、へなへなとその場にへたり込む。不安定に揺れる美里の茶髪頭を見て、木村が呆れたように言う。

「今日は派手なスーツじゃないんですね」

「え……？」

「浴衣もなかなか粋ですけど、ちょっと飲みすぎじゃないんですか？　廊下までお酒の匂いがするなんて。それじゃとても病室へはお通しできませんね」

「す、すいません。今日は、ちょっと……」

「今日は、ね」

皮肉な口調で言って、木村が続ける。

「原川さん。陽菜ちゃんがあんなに頑張ってるのに、あなたがそんなじゃ駄目じゃないですか。あなた陽菜ちゃんの保護者なんでしょう？　いい加減真面目に働かなきゃ、退院したってやっていけませんよ？」

寸分《すんぶん》の隙《すき》もない正論に泣きどころをぐさぐさ刺されて、泥酔《でいすい》した頭がズキズキと痛む。

そんなことは分かっていると言いたいけれど、仕事とはいえこんな醜態を曝《さら》している自分は、自分でも心底情けないと思う。陽菜のことはいつでも一番に考えたいのに、電話にすら出られないなんて。

ろれつのあやしい声で、美里は言った。

「あの、ホントすいません。俺、これからはちゃんと……」

「お言葉ですが、先生。彼はちゃんと真面目に働いていますよ？」

晃が発した言葉に、木村がチラリと視線を動かす。美里を立ち上がらせ、その肩を支えながら、晃が静かに続ける。

「十七で高校をやめて、それからずっと頑張ってきたんです。寂しさも辛さも顔には出さず、ひたむきにね。失礼ですが、あなたは勤務医になって何年目ですか？　養《やしな》っているご家族は、いらっしゃるんですか？」

（あき、ら……）

晃の言葉に、ギュッと心の深いところをつかまれたような気持ちになる。自分を丸ごと認めてもらえたような嬉しさに、不覚にもまなじりが潤《うる》んでしまう。

まさか晃がそんなことを言ってくれるなんて、思ってもみなかった。

気まずそうに黙ってしまった木村に、晃が微笑みかける。

「どうやら日頃の激務で、先生も少々お疲れのようですね。よろしかったら、一度クラブ『セブンスヘブン』へおいで下さい。私どもホスト一同、真心を込めておもてなし致しますから」

晃が言って、袂《たもと》から名刺を差し出す。

心なしか頬の色を変えながら名刺を受け取った木村を置いて、二人は病院をあとにした。

「ええと、二階の何号室ですか？」

「……二〇一。これ、鍵」

「ここですね。開けますよ？」

晃が言って、ガチャリと鍵を開ける。築《ちく》四〇年のぼろアパートのドアが開くと、出勤前に食べたレトルトカレーの匂いが、狭いキッチンからほのかに漂ってきた。

美里はモタモタと部屋に上がり、座卓の上のリモコンでエアコンのスイッチを入れてから、畳の上にどさりと倒れ込んだ。

晃が気遣わしげな声をかけてくる。

「美紗斗さん、大丈夫ですか？」

「ああ、うん、何とか。頭超痛えけど……」

そう言って、顔だけ晃のほうへ向ける。玄関のたたきに立ったままの晃は、好奇心たっぷりに部屋を見回している。同僚を家に招き入れたのは、これが初めてだ。

「じゃじゃーん。これが『セブンスヘブン』のナンバーワンホスト、美紗斗クンのお部屋です。ぼろくて驚いたろ～」

わざと明るい声で言って、ひらひらと手招きをする。

「とりあえず、こっち来て座れよ。何にもねえけどさ」

「よろしいのですか？」

「いいよ、もう。おまえに隠すようなこと、もうなーんもねえから」

「では、お邪魔します」

律儀《りちぎ》にそう言って、晃が上がってくる。

自分の部屋に晃がいることにほんの少しときめくような気持ちを覚えながら、美里はゆっくりと体を起こし、煤《すす》けた部屋の壁に背中を預けた。

もう少しだけ、一緒にいて欲しい――。

晃と朝を迎えたのは初めてではないけれど、そんなふうに思ったのは初めてだ。しかも自分の家に招き入れるなんて、今までの自分からしたらちょっと信じられない心境の変化かもしれない。

でも、晃が木村に言った言葉を聞いた瞬間から、美里の胸はずっと高鳴っていた。それでようやく認めることができたのだ。

自分が晃に、心惹《ひ》かれ始めていることに。

(それこそ、あり得ないのにな)

十七で親を失って以来、ずっと気を張って生きてきた。他人を頼ることなく、たった一人の大切な妹を守って、ただひたすらに働いてきたのだ。図らずも晃が言った通り、寂しさも辛さも顔には出さず、ぐっと我慢をして。

生来《せいらい》の負けん気の強さゆえか、それとも夜の世界で働くうち心が強張《こわば》ってしまったせいか、自分のそんな心の内を誰かに理解して欲しいと思ったことはないし、また理解してもらえるとも思ってはいなかった。恵まれた境遇を捨てて思いつきでホストになり、借金のかたに人の体をもてあそぶような男には、特に。

そんな美里の心に、晃は一体いつの間に滑り込んできたのだろう。奪われているのは、体だけだと思っていたのに――。

「美紗斗さん、本当に大丈夫ですか？　何か飲んだほうがいいのでは？」

座卓の前に安座《あんざ》してこちらを見ている晃に言われて、バカ面でぼんやり彼を眺めていた自分に気づく。美里はおろおろと言った。

「あ、ああ、そうだな！　つっても、うちホントなんもねえんだ。でもまあ、ジュースくらいはあったかな……？」

這うようにして冷蔵庫まで行き、中を開けてみるけれど、ペットボトル入りの水くらいしか飲み物がない。ほとんど空っぽの冷蔵庫を見て、晃がクスリと笑って言う。

「なるほど、本当に何もないですね。家具も極めてシンプルだし、陽菜さんのものがなければ、男の独り住まいの典型みたいな部屋だ」

「悪かったな！　つーかおまえだってそうだろうが！」

「私は一応気を遣っていますよ？　インテリアにもそこそこだわりがありますし、料理も結構好きですし、それに……」

晃が言葉を切って、それから意味ありげな声で続ける。

「甘いものも、いつもちゃんと常備しています。あなたをいつでもおもてなしできるようにね」

そう言われて、ザワリと胸が波立った。

（だったら、何で……）

どうして前みたいに、家に連れ込んでこの体を好き放題に抱いてくれないんだろう。

本当のところ、借金の取り立てだろうが嫉妬だろうがもう何でもいいから抱いて欲しいと、そんなふうにすら思っているのに、何故そうしてくれないんだと、焦れるような気持ちになる。今すぐここで抱いてくれと、叫び出してしまいそうだ。そんなことを思うなんて、何だか単純に体でほだされただけみたいで、ちょっと複雑な気分だけれど。

でも――――。

彼に抱かれることを本気で嫌だと思っていたなら、何度も抱かれて体を馴らされてしまう前に、とっくに逃げ出していたはずではないか。そんなふうにも思う。

そうすることができたのにしなかったのは、きっと借金のせいばかりじゃない。他人は頼らないと頑なだった自分の中にも、どこか人の温もりを求めるような、そんな気持ちがあったからではないかと思えてくる。

晃が言ったように、本当は辛いときもあった。ホストとして人を喜ばせることを仕事にしていながら恋人の一人もいない自分の生活を、何だか寂しいなと思ってもいた。きっとそういう心の隙間に、晃がすっと入り込んできたのだろう。

好きだから、抱いて欲しい。

たぶんそれが、今晃に抱いている素直な気持ちだ。たったそれだけの想いを伝えるのがこんなにも難しく、勇気のいることだなんて――――。

「あー……、あのさ！　じゃあ俺、何か買ってこようかな。そこのコンビニで」

昴ぶる気持ちを誤魔化すように、思わずそんなことを言うと、晃が一瞬目を丸くした。

それから、どことなく笑いをこらえているような声で訊いてくる。

「コンビニって、今からですか？」

「うん、だってほら、結局なんも食ってねえし、腹減ってきたし。おまえの分も買ってくるよ。何がいい？」

言いながら立ち上がり、部屋を横切って玄関のほうへ行こうと歩き出したが、途中で予期せぬほうへ体を引っ張られ、よろよろとへたり込んだ。

そこが晃の膝の上だったから、小さく悲鳴を上げてしまう。晃がからかうような笑みを寄こしながら言う。

「ふふ、本当におバカさんですねえ、あなたは。ここまで来て、まだ逃げようとするんですか？」

甘い声音にドキッとする。艶めいた目をして、晃が続ける。

「欲しかったんでしょう？　私が。だから、家に招き入れたんじゃないんですか？」

「な、そ、そんなわけ、あるかっ……！」

見抜かれてしまったことが恥ずかしくて、頭を振って否定する。真っ赤に染まった美里の頬を眺めながら、晃がクスクスと笑って言う。

「おや、そうですか？　ではどうして、ここをこんなにしているんです？」

「……ぁっ！」

はだけた浴衣の裾から手を入れられ、下着の上からキュッと股間をつかまれて、そこがはしたなく形を変え始めていることに気づかされる。つっと指先で裏筋をなぞられたら、甘い吐息が洩れてしまった。

襟元を開いて入ってきた指先に立ち上がった乳首を探り当てられ、汗ばんだ首筋にキスを落とされると、焦れ切った体が燃えるように熱くなって――。

「あ、晃……、ぁ……！」

晃に、抱かれたい。

そんな強く激しい欲望を感じて体が震える。晃が静かに命じる。

「美紗斗。どうして欲しいのか、口に出して言いなさい」

「あ、あき、ら……？」

「あなたのほうから言うんです。あなたはもう、そうしなければならない」

晃が何故そんなことを言うのか、よく分からなかった。今まであんなにもいいように体をもてあそんでいたくせに、どうしてそんなことを言うのだろう。

考えようとした途端、指先で乳首をつままれて腰にビンと痺れが走った。狂おしいほどの欲望を覚え、キュッと口唇を噛む。

確かに、今まで自分から求めたことなどなかった。

けれど今は、ただ晃が欲しい。もっと感じる場所に触れ、秘められた場所を解いて、熱い昂ぶりで貫いて蕩けさせて欲しい。

強がりなくせに本当はひどく寂しがりな、この心までも――。

「……て、欲し、い」

「もう一度言って、美紗斗さん」

「俺を、抱いて、欲し、い……」

絞り出すように言うと、何故だかまなじりが熱くなり、ほんの少し潤んでしまった。

晃が満足そうな笑みを洩らす。

「……ようやく言ってくれましたね、美紗斗さん。とても素直で可愛いですよ？」

そう言って晃が、美里の体を後ろからギュッと抱き締める。耳朶に口唇を寄せ、劣情を滲ませた声で、晃が囁く。

「キスをしましょう、美紗斗さん。それから、お互いが求めるものを惜しみなく与え合うんです。このひと月の間……、いいえ、本当はもっとずっと前から、お互いに欲しいと強く望んできたものをね」

晃の言葉の意味は、はっきりとは分からなかった。けれど何故だか胸が熱くなる。

目を閉じて振り返ると、晃の口唇が美里のそれに重なってきた。

晃との、二度目のキス。

熱く濃密なそれに押し流されるように、美里は晃の腕の中へと落ちていった。


（……凄っげえ、良かった……）

晃と抱き合ってシャワーを浴びたあと、美里は半ば放心状態で畳の上に転がりながら、晃が浴室を使う音を聞くともなしに聞いていた。さほど激しい行為だったわけでもないのに、何だかもう動く気力もない。

晃と寝て、もちろん今までも肉体的な快感は得られていたけれど、心身ともに満たされたような気持ちになったのは初めてだ。お互いに求め合ってするセックスは、やはり何かが違うということなんだろうか。

（でもたぶん、それだけじゃないんだよな）

晃が言った、『お互いに欲しいと強く望んできたもの』。

それはきっと、お互いの心だ。お互いに好きだという気持ちを持っているからこそ、あんなにも満たされたセックスだったのだろう。

そしてそれを与え合うということは、つまりは恋人同士になるということだ。晃と、これからは恋人として付き合っていくことになるのだろうか。

でも、晃とは同じ店のホスト同士でライバルでもある。今までは感情などないある意味ドライな関係だと思っていたから、割り切って仕事に打ち込めた。けれどこうなると何となくやりづらい。晃は何を考えているんだろうと焦れ焦れだったこのひと月ですら、自分としては何となく仕事に身が入らなかったのだ。付き合うなんてことになったら、どうなるか分かったものではない。

ふうっとため息をついて、美里は体を起こした。

まあ今夜も仕事なのだし、あまり考えてもしょうがない。晃も一度帰るだろうから、そうしたら何か買ってきて食べて、少し眠ろう。起きたら営業の電話をかけて――。

そう思い、まずは携帯の充電をしなければと、携帯を充電器に挿した。

すると、電源が落ちていた間にメールが来ていたことに気づいた。送信アドレスに覚えはないが、件名はかなり目を引くものだ。

「はは、『爆弾疑惑』だって。誰の話だぁ？」

永久指名制がほとんどのホストの世界で『爆弾』と言えば、他のホストの客と親密になったり、不利になるようなことを言ったりしたりするなど、やってはいけないタブーを犯すことを指す。

件名につられて本文を開くと、そこには一枚の写真が添付《てんぷ》されていた。

ラブホテルの入り口の前で体に腕を回して抱き合い、親密そうに見つめ合う男女。

浴衣姿の男は、どう見ても晃だ。そして女にも見覚えがある。

「……ルナ？　これ、ルナじゃないか！」

三百万もの売掛金を作り、それを踏み倒して美里をピンチに陥らせた女。その女が、どうして晃と抱き合っているのだろう。しかもラブホの前なんかで。

あまりのことに混乱し、絶句していると、晃が浴室から出てきた。携帯を握り締めて固まっている美里に、にこやかに微笑みかけてくる。

「さすがにお腹がすきましたね、美紗斗さん。何か買いに行きますか。それとも、ここにあるもので何か作れるかな？」

先ほど脱ぎ捨てた浴衣をもう一度まといながら晃が言って、キッチンのほうへ行く。戸棚からパスタを見つけ出し、指で輪を作って量を確かめている晃に、美里は低く言った。

「……晃」

「はい？」

「最近、『愛愛』のルナと逢わなかったか？」

美里の言葉にゆっくりと振り返った晃の顔は、いつもとどこも変わらぬ表情をしていた。驚いた様子もなく、静かに問い返してくる。

「何故、そんなことを？」

肯定も否定もせず、質問に質問で返されたことに苛立って、さっと立ち上がって晃のほうへ歩み寄る。

黙って携帯の写真を見せつけると、晃は僅かに眉根を寄せた。

だが動揺した様子などは見せず、小首を傾げてこちらをじっと見つめてくる。まさかシラを切るつもりだろうか。

怒りを覚えながら、美里は言った。

「浴衣着てるよな、これ？　今日の昼間の写真ってことか？」

「さあ……。一体、どこでそんな写真を？」

「どこでだっていいだろ？　それよりこれ、おまえとルナだよな？」

「確かに、そのように見えなくもないですが」

「しらばっくれんなよ！　つうかここラブホだろっ？　何でこんなとこで抱き合ってんだよ。何でおまえが、よりによってルナと……！」

言いかけて、ふと思い出す。

五反田までタクシーを飛ばしたあの日、晃は『愛愛』が閉店していたことを美里よりも先に知っていた。あまりにも慌ててしまっていて疑念すらも抱かなかったが、晃はもしかしたら、美里の知らないところでルナと通じていたのかもしれない。ルナが売掛金を踏み倒したことにも、あるいは晃がかかわっていたのでは――。

（そんな、バカな……！）

慌てて自分の想像を否定するけれど、そんなことは絶対にあり得ないと言い切るには、美里はこの世界を知りすぎている。

『セブンスヘブン』や自分の身の回りではあまりなかったけれど、指名客を取ったり取られたり、人を使って誰かを陥れたりという話なら、今まで何度も聞いてきた。ライバルや悪意ある者の罠《わな》にハマり、ナンバーワンの地位から引きずり降ろされて歌舞伎町を去っていった者も、少なからず知っている。

震える声で、美里は問いかけた。

「……晃……。おまえ知ってたのか、ルナのこと？　あの子が飛ぶこと、最初から分かってたんじゃ……？」

間違いであれば決定的に関係が崩れてしまいかねないような美里の言葉にも、晃は僅かに目を細めただけで何も答えない。『爆弾疑惑』というメールの件名が、頭の中でぐんぐん大きくなっていく。

「答えろよ晃！　おまえまさか、俺を……、俺を、騙《だま》してたのかっ？」

「……だとしたら、どうします？　私をクビにしますか？　騙されて弱味につけ込まれ、体を好きにされていたと、みんなに話して？」

「な……！」

「めったなことは言わないほうがいい。それがお互いのためです。誰より陽菜さんのね」

「────────」

表情も変えずに発せられた言葉に、頭が真っ白になってしまう。

卑劣な脅しとも取れる言葉に茫然としていると、晃はふっと目を逸らし、キッチンを離れて手早く身支度《みじたく》を整え始めた。

否定しないのが答えだと、その背で語るかのように。

（嘘だ……。そんなの、嘘だ……！）

仲間だという晃の甘言につられ、彼に体を奪われた。

それでも晃の気持ちや気遣いにほだされて、こちらもいつの間にか彼に惹かれていた。

美里の心を揺すぶった甘い言葉は、全て戯《たわむ》れだったのだろうか。お互いに求め合って抱き合ったのはつい先ほどのことなのに、まさかそれすらもまやかしだったのだろうか。

何故、どうして晃は、そんなことを────。

（……決まってる。ナンバーワンに、なりたいからだ）

結局のところ、自分は踊らされていただけなのかもしれない。美里からナンバーワンの座を奪おうとする、晃の手管に。

そう考えたら、何もかも納得がいく。そんなふうに人の心をもてあそんでのし上がろうとするなんて、何て汚いやり方なんだろう。

裏切られた怒りとやるせなさに、もはや言葉も出ない。男に抱かれ、恋心までも抱かされた挙げ句、まさかこんな無情な結末が待っているなんて。

だが、コケにされたままでは終われない。こちらにだってプライドくらいあるのだ。こんなこと、こっちから終わりにしてやる。

そう思い、美里はさっと踵《きびす》を返し、押し入れに歩み寄って襖《ふすま》を開けた。雑然と積み上げられた衣類や収納ボックスを除《の》け、奥にある小さな金庫を開けて中から膨らんだ封筒を取り出す。

いずれは晃に返そうと思って細々と貯めていた金と、積み立てていた陽菜の手術費用。合わせたら、たぶんもう三百万くらいはあるはずだ。

その重みを感じるように、ぐっと握り締めて振り返ると、晃はもう帰り支度を終えていて、どことなく気遣うような目でこちらを見ていた。

その目を見た途端、不覚にも泣きそうになってしまう。

(でも、晃の前で泣いたら、負けだ)

涙が出そうになるのをこらえながら、美里は晃に封筒を投げつけた。

両手でそれを受け取り、その中身に気づいた晃が、瞠目してこちらを見返す。

「精算だ、晃。それ持ってさっさと出てけ」

「……美紗斗さん……」

「出てけよっ、この薄汚ねえハイエナ野郎ッ！　二度と俺に触んなッ！」

気力を振り絞ってどうにか言葉を吐き出して、晃に背を向ける。

拳をぐっと握って涙をこらえていると、やがて晃が小さくため息をついた。

それから、何も言わずに部屋を出ていく。

玄関の扉が重い音を立てて閉じた瞬間、美里は力なく畳に膝をついてしまった。

「クソ……、晃の奴……！」

小さく悪態をついた途端、熱い涙が頬を伝った。胸の奥から嗚咽《おえつ》がせり上がってきて、みっともなく泣き出してしまう。

本気で、好きになったのに――。

もてあそばれた悲しさに、涙が溢れて止まらない。恋を失った痛みに、胸を引き裂かれてしまいそうだ。

「バカ、ヤロ……！　晃の、バカヤローっ……！」

空しく言いながら、美里は子供みたいに泣きじゃくっていた。

本物の恋の切なさに、ただただ泣けた。


失恋の、痛手。

今までそんなものに振り回されたことなどなかった。けれどそれはたぶん、本物の恋を知らなかったからだと今は思う。

晃との関係を終わらせたあの日、美里は一応店に出はしたが、とても客を楽しませられるような精神状態ではなかった。いつもと変わらぬ様子で接客し、順調に新規顧客から指名をもらっていく晃が何だか恨《うら》めしくて、そんなふうに思う自分も嫌だった。

でも、どれだけいつもの負けん気を取り戻そうと頑張っても、心が奮《ふる》い立たなかった。美里をナンバーワンの座から突き落とすための手段として、晃がしたことはこれ以上ないほど完璧な方法だったと言えるだろう。

あれからひと月ばかり経った今、それまでの屈託のない明るさを失った美里から、客はすっかり離れてしまっていて、売り上げはランキング外にまで落ち込んでいる。そろそろ蒲田に肩を叩かれるんじゃないだろうか。

「……美紗斗さん、すんません。ご新規さんの三卓、入ってもらっていいスか。自分今、手いっぱいなんで」

ヒロの声に、ハッとして顔を上げる。

落ちぶれたナンバーワンには声もかけないという連中が多い中、先月の締めでめでたくナンバーツーに昇格したヒロだけは今まで通り接してきて、ときには仕事までも回してくれる。もちろん、そんなときの客は明らかに素人の、どうやっても金を落としそうにない細客《ほそきやく》だったりするから、単に自分の優位を見せつけるためのパフォーマンスだということくらいは分かっている。それでも今は、それすらもありがたい。

今日は目下ナンバーワンの晃が休みを取っているから、きっと余計に忙しいのだろう。

軽く頭を下げて、美里は三番のテーブルへと歩いていった。

そこで待っていた客に驚いて、叫びそうになる。

「木村、先生……！」

「どうも」

周りを見回しながら会釈《えしゃく》をして、木村が落ちつかぬ様子で続ける。

「あの、メニューみたいなのもらったんだけど、何だかよく分からない間にさっきの人が来て……。あなた、いないのかと思って慌てちゃった！」

「はは、すいません。最近業績悪くて、俺後ろのほうに載ってんですよ」

木村が言ったメニューというのは、男本と呼ばれる店のホスト全員の顔写真が載っているカタログみたいなものだ。慣れぬ場所でおろおろしている木村は、今日は何だか年相応《としそうおう》に見えるなと思いながら、美里は訊いた。

「てか、どうしたんすか、こんなところまで？」

「ああ、いえね、病院でもよかったんですけど、あなたなかなか来られないみたいだったから……」

木村が言って、コホンと咳払《せきばら》いをして座り直す。こちらを見つめる顔は、もういつもの医師の顔になっている。

「陽菜ちゃんの今後のことで、ちょっと相談が。できたら顔を見てお話ししたくて」

「今後の……？　ってあの、まさか、手術とかじゃないですよね？」

「そのまさかです。そろそろ考えたほうがいいと思って」

「ええっ……！」

この前の小さな発作は大したことがなかったけれど、陽菜は先週も調子が悪かった。薬の効きが思わしくなく、そのせいで肺にも負担がかかっているとのことで、やはり手術は避けられないというのが木村の見立てらしい。

（そんな……。金、全然ないのに……！）

ホストの給料は売り上げに直結している。以前とは比べ物にならないほど収入が減ってしまった美里は、月々の借金返済と陽菜の入院治療費を支払うのすらも危うい日々を送っている。百万単位の手術費用を用意するのは、相当な負担だ。

だが、背に腹は代えられない。陽菜のために何とかしなければ。

「……分かりました。どうか陽菜をよろしくお願いします。手術費用も、すぐに何とかしますんで」

そう言って、木村に深々と頭を下げたけれど、短期間で金を工面する方法などそれほどないことは分かっている。

木村を送り出したあと、美里はためらう気持ちを何とか振り払い、携帯電話を取り出して電話をかけた。

『……やあ、久しぶり！　きみから電話してくるなんて珍しいね』

ほんの数コールで出た西野の声に、少々緊張してしまう。

しばらく忙しいと聞いていたから、売り上げが落ち始めてからはまだ一度も営業の電話をかけていなかったけれど、おそらく既《すで》に美里がナンバーワンの地位から陥落《かんらく》してしまったことを知っているのだろう。心配そうな声で、西野が言う。

『何か色々大変みたいだけど、美紗斗、大丈夫？』

「え、ええ、まあ……。西野さん、その後お仕事いかがですか？」

『うーん、まだちょっと立て込んでるけど、でもきみのためだったら忙しくても時間を取るよ。ただ、今からお店に行くのは難しいかなあ……』

考えるような声で言ってから、西野が意味ありげにクスクスと笑う。

『実は今、仕事の関係でホテルに缶詰めなんだ。前に話したところだよ。覚えてる？』

「……帝都ホテル、ですか……？」

『うん。店が終わったらちょっと顔を見せに来てよ。いいだろ？』

「え！　えーと……」

気軽な口調で言われたが、その意味するところは疑いようがない。逡巡《しゅんじゅん》する美里に、西野が低く囁く。

『ねえ、美紗斗。もう一度ナンバーワンになりたいだろう？　悪いようにはしないからさ、逢いに来てよ。ね？』

そういうことを言う人間に、もう騙されたくはない。

だがそうしなければ、今の自分はどうしようもないのだと痛感する。

たった一人の大事な妹、陽菜のため。

美里はそう自分を納得させ、西野にイエスと答えようと口を開いた。


(俺もついに、枕営業か)

閉店後のロッカールームで、ロッカーの扉の裏についた小さな鏡に向かい、男に抱かれに行くため身づくろいをしている自分の顔は、少しばかり荒《すさ》んでいる。陽菜のためとはいえここまで落ちぶれてしまったのかと、何だか自分を憐《あわ》れむような気持ちすらする。借金返済代わりにと、晃とセックスを繰り返していたことを思えば、さほど変わらないことをしに行くだけのはずなのに、どうしてこんなにも気が重いのだろう――。

「アフターっすか、美紗斗さん。お盛んっすね」

「ヒロさん……。いや、ええと、アフターってわけじゃ……、てか、さっきはどうもありがとうございました」

「別に何でもねっすよ、あんなん」

そう言うヒロは、何やら少々機嫌が悪そうだ。乱暴にロッカーを開けて中から栄養剤をつかみ出し、ベンチにどっかり腰を下ろしてぐびぐびと喉に流し込む。今夜は余程酒を飲んだのだろうか。

触らぬ神に何とやらだ。とりあえず、絡まれる前にさっさと逃げよう。

「お先に、失礼します」

控え目に言ってロッカーを閉め、会釈してヒロの前を通りすぎようとした。

だが、ヒロがブーツの靴底をロッカーの扉に押しつけて通せんぼをしたから、それ以上進めず立ち止まる。恐る恐る顔を見ると、ヒロがギロリとこちらを睨んだ。

「なあ美紗斗さん。晃の奴と何かあったんすか」

「……え……」

「下の奴らが言ってたんすよ、二人、何か変じゃね？　って。言われてみりゃ、確かにミーティングでも目も合わせねえし、あんたはみるみるランク落ちてくし、俺もちょっと心配んなってさ。トラブルでもあったんなら、力んなりますよ？」

「ヒロ、さん」

まさかそんなふうに見られていたなんて思わなかった。晃との関係が店での態度に出ないよう気を遣っているのは、晃に抱かれていたころも今も変わらない。ヒロはともかく下《した》っ端《ぱ》になんか、気づかれるはずがないのに。

「別に、トラブルなんてないっすよ。ただ、俺のほうがちょっとスランプなだけで」

「スランプねえ。なーんか怪しいなあ……」

ヒロが言って、意味ありげに美里をねめつける。

「本当は揉《も》めたんじゃねんすか。例えばほら、爆弾とかでさ？」

「爆弾て……。何、言って……」

あの『爆弾疑惑』というメールが送られてきたのは、見知らぬフリーメールからだった。もしかしてヒロが送ってきたのだろうか。

探るようにヒロの顔を見ていると、ヒロがやおら立ち上がった。

その顔に、突如激しい苛立ちの色が浮かぶ。

「ばっくれてんじゃねえ！　ちゃんとてめえのケータイに送っといたろがッ！」

突然怒鳴られ、酒臭い息で近づいてこられて、驚いて後ずさる。胸倉をつかまれてロッカーにドンと背中を押しつけられ、小さく悲鳴を上げた。

血走った目をして、ヒロが訊いてくる。

「てめえ、ルナをどこへやったッ！」

「……はあっ？」

「はあ、じゃねえよ。てめえ知ってんだろっ？　それとも晃のクソ野郎のほうか、ルナを隠してんのは？　あんまり俺を舐めくさってっと、いい加減痛てえ目見るぞコラァッ！」

ドスの利いた声で言って、ヒロが懐から折り畳みナイフを取り出したから、ギョッとして目を見開いた。

酔ってわけの分からないことで絡み、そんなものまで振り回すなんて、完全にどうかしてる。美里はなだめるように言った。

「ヒ、ヒロさん、落ち着いてよ！　確かにメールはもらったけど、俺ルナちゃんとは全然連絡取ってないんだ。ていうか電話通じなくなっちゃったし！　あの子の勤めてた店だって閉店しちゃったから、今どこにいるかなんて知らないんだ！」

美里の言葉に、ヒロが疑わしげな顔をする。それから何かを思い出したように頷いて、胸倉をつかんでいた手を緩めた。

「あー……、そういや、そうだっけかァ……。もうすーっかり忘れてたわ。あんときゃ上手くいったと思ったんだけどなあ」

「えっ？」

「へへ、知ってたか？　ルナはよ、六本木の店んときからの俺の女なんだ。俺にいたぶられるのが好きなドMでよ、ちょっとケツ叩いてやりゃあ何だってやる、そんな女だ」

ヒロの言葉に唖然となる。もちろんそんなことは初耳だ。

（つーか、何だってやる、って……？）

全く考えもしなかったが、まさかルナを使って美里を陥れようとしたのは、晃でなくヒロだったのだろうか。混乱しながら、美里は訊いた。

「……て、てか、ヒロさん、ルナちゃんが飛んだのって、まさか、あんたがっ……？」

「だったら何だ。取られたもんは取り返すってのが世の中の道理だろが。俺っつうもんがありながら、てめえみてえなちんちくりんのクソガキなんぞに本指名入れやがって、聞いたときにゃマジで腹立ったぜ！」

悪びれもせずにそう言って、ヒロが続ける。

「んでもまあ、『セブンスヘブン』でトップ取りゃハクもつくし、逆にチャンスじゃねえかと思ってよ、こっち来てちょいと仕組んでやったのに、何でかてめえは無傷じゃねえか。おまけにルナの奴、あのクソインテリにまでコナかけやがって、舐めんなっつーんだよ。ばっちり写真も撮ったし、とことんいたぶってやろうと思ってたのに、どっかに隠れちまってそれもできねえ。晃も今じゃナンバーワンだしよ、全く面白くもねえッ！」

吐き捨てるように言って、ヒロがロッカーを蹴り上げる。

「……つうか、美紗斗よお。てめえルナとやったんだろ？」

「えっ！　や、やってないっすよ！」

「嘘つくんじゃねえよ。どうせその甘いツラ使って客食いまくってんだろてめえは？」

「そんなこと……！　俺、お客さんと寝たことないし！」

「はあっ？　今からアフターなんだろがッ。ふざけてんのかてめえ！」

「いや、違、これは……！」

「ちっくしょう、ルナの奴、きっと晃ともヤってやがんだ！　あああ、クソォぉッ！　マジでムカついてきたぜぇ！」

「……うぐっ！」

いきなり腹をひざ蹴りされて、喉の奥に苦いものがこみ上げてきた。すかさず片手で髪をつかまれ、ロッカーの扉に頭をガンガンと叩きつけられて、チカチカと星が飛ぶ。酔っ払いの加減を知らない暴力に、呻き声を上げてしまう。

「うぅっ、ちょ、やめ、ろっ……！」

抵抗しようと拳を振り上げた途端、頬にぐっとナイフを押し当てられて、チクリと痛みを覚えた。一瞬ひるんだ目をした美里に、ヒロが上ずった声で言う。

「美紗斗ォ。てめえのその童顔、ムカつくんだよ。ガキみてえなツラして俺のルナをたぶらかしやがって。傷モンにして二度と店に出られねえようにしてやろうか、ああっ？」

人を恫喝《どうかつ》することが楽しくてしょうがない、というようなヒロの表情。

何だかむやみに腹が立ってくる。きっとこの男は、こうやって脅しつければ誰でも言うことを聞くと思っているんだろう。

元ナンバーワンの名にかけて、そんな奴には絶対に負けない。美里は低くつぶやいた。

「……やってみろよ、ヒロ」

「あん？」

「やれるもんなら、やってみろっての」

そう言って顔を上げ、ヒロを睨み据える。

「けどな、脅そうがすかそうが、知らねえもんは知らねえんだよ。つうか知ってたって、あんたみたいな汚ねえホストには、絶対に教えねえ！」

美里は言って、啖呵《たんか》を切るように叫んだ。

「たとえ飛ばれた客だって、ルナちゃんは俺の大事な指名客だ。客を売るような真似、死んだってできるかよ！」

「な……！　コンの、クソガキがッ……！」

激高したヒロが、ナイフを持った手を大きく振り上げる。

切られる、と身構えた瞬間。

ロッカールームのドアが大きく開き、蒲田がぬっと現れた。大股で素早くヒロに歩み寄り、ナイフを持った手ごと捻り上げて、そのまま床の上にねじ伏せる。

「ひ、ひぃッ、い、痛てえ！　放せっ、折れるぅッ……！」

ヒロが苦痛に呻きながら、折り畳みナイフを取り落とす。蒲田はさっとそれを拾い上げ、畳んで胸ポケットに収めた。あまりにも鮮やかな動きに、言葉もない。

「……やれやれ、全くみっともない人ですね」

戸口から届いたテノールに驚いて、そちらを向く。

そこには呆れ顔の晃が、いつもよりもシックなスーツ姿で立っていた。ゆっくりと部屋へ入ってきながら、言葉を続ける。

「そんなことだから、あなたはいつまでもトップを取れないんですよ。その点美紗斗さんは素晴らしく男前でしたね。惚れ直してしまいましたよ」

「……あ、晃ァ、てめえ……！」

「ルナさんは私がしかるべきところに保護していますよ、ヒロさん。ドSのストーカーホストの魔の手から守るためにね。売掛金を回収するために会いに行って、まさかDV被害の相談をされるなんて思いもしませんでしたが……」

そう言って言葉を切り、晃がにこやかに微笑む。

「でもまあ、事の真相もさっきあなた自身の口から話してもらいましたし、色々といい頃合いでしょう。今日限り、あなたはクビです」

「ンだとぉっ？　晃！　てめえいつから店長んなったッ！」

「つい先ほど、グループ総会で。ちなみに店長ではなくて、社長ですが」

晃が言って、ヒロに名刺を渡す。虚《きょ》を突かれたような顔で受け取ったヒロが、うつろな声でそれを読み上げる。

「……ヘブン＆シー・コーポレーション・グループ執行役員《しっこう》、ホストクラブ『セブンスヘブン』代表取締役社長、堂本晃……？　な、何じゃこりゃあッ？」

「そこに書いてある通りです。このたび私は、ヘブン＆シー・グループ会長天海律子氏より、正式に店の経営を任されました。もっとも、社長などと呼ばれるのはいささか居心地が悪いですから、今まで通り身分を隠してホストとして働くつもりでおりますがね」

　鷹揚な口調で晃が言って、ヒロ以上に驚いている美里のほうへとやってくる。顔や体の怪我を確かめ、乱れた襟元を丁寧に整えて、静かにヒロを振り返る。

「とことんおバカさんなあなたにも分かるよう、もう一度だけ言いますよ、ヒロさん。あなたはクビです。私をこれ以上怒らせる前に、さっさとここから出ていきなさい」

　ヒロがほうほうの体《てい》で店を出ていってから、美里は晃に誘われるまま、店のバーカウンターに座った。蒲田が帰り際に作ってくれたノンアルコールカクテルを飲みながら聞いた話は、疲れた頭には予想外すぎて現実感がなかった。

「……は、母親？　オーナーがか？」

「ええ。昨年の暮に急逝《きゅうせい》したヘブン＆シーの前会長が母の再婚相手で、遺言《ゆいごん》に従った結果そういうことに。でも、母は元々一クラブホステスで、私の父と離婚したときに慰謝料代わりに手に入れた小さなクラブ以外、店舗経営の経験がなかったのです。それで急遽《きゅうきょ》、私が手助けをすることになりまして」

晃のところに来ていた、和服の令夫人。

客だと思っていたあの女性が、まさかオーナーだったなんて思わなかった。もちろん晃の母親だとも。

「あなたには、どこかで話そうと思っていました。店のナンバーワンでしたし、何よりあなたの人柄には、信頼するに足る実直さを感じていましたから。でもルナさんの件があって、あなたにお金を貸すことになって……」

それから、借金の取り立てと称して体を抱くようになった――。

そうは言わずに言葉を濁した晃の顔は、どことなく気恥ずかしそうだ。まさか今更そんな顔をされるとは思わなかったから、こちらも何だか恥ずかしくなってしまう。

慌ててカクテルに目を落とすと、晃はふっと笑みを洩らして、静かに言葉を繋いだ。

「ルナさんの行方を探すのは、さほど困難ではありませんでした。でも、彼女はずっとヒロさんにおびえて暮らしていたのです。心を開いて真相を話してくれるまで、四か月もかかってしまった」

「え……。それってもしかして、あの浴衣ナイト？　ヒロが写真送ってきた……？」

「ええ。あの写真を撮られたのは、本当に迂闊《うかつ》でした。あなたのところに送ってきたから、たぶん彼だとピンと来て、とにかくルナさんの安全を確認しなければと思った。だから急いであなたの元を去ったんです。あらゆる誤解をそのままにしてね」

「誤解、って？」

「あなたは真っ直ぐな人だから、ヒロさんのことを話したらみんなの前でだって彼を問い詰めたり、罵《ののし》ったりしかねない。できれば彼自身の口から罪を告白して欲しかったから、あなたには勘違いしたままでいてもらったんです。全て私が仕組んだことだったのだとね。ちなみに、ラブホテルの前で写真を撮られたのはたまたまです。私は彼女とは寝ていませんよ？」

「……や、そこは別に、聞いてねえし」

そうは言いつつも、内心かなりホッとする。

晃が自分を陥れようとした犯人ではなかったということはもちろんだが、今にして思えば、あの写真を見たときに感じたのは客を取られたというホストとして怒りだけではなかった。あの日ルナを抱いた同じ腕で抱かれたのだと思ったからこそ、考えが悪いほうへと向いてしまったのかもしれない。

嫉妬に曇らされた状況判断力。その点では、ヒロのことを笑えない。

「ともあれ、私があなたにしたことは完全なセクハラ行為だ。債権回収の方法としても、闇金《やみきん》顔負けの卑劣極まるやり方でした。そこはもう、何を言われても仕方がないです」

　そう言って晃が、彼には珍しくしおらしい顔でこちらを見つめる。

「でも私はあなたと抱き合うことを、本当は一度だって貸金の取り立てだなんて思ったことはないんです。ただあなたが可愛くて、だからあなたを欲しいと思って……。どうしても我慢ができなかった。同じ店で働いて、あなたのことは本当に仲間だと思っていたのに。バカは私のほうですね」

「晃……」

　初めて率直に口にしてくれた、晃の本当の想い。

　いつでも生の感情を慇懃な言葉と隙のない笑顔の裏に隠している男の言葉だけに、胸が熱くなる。そんなふうに思ってくれていたなんて、沈痛な気持ちで過ごしたこのひと月のあとでは、泣き出してしまいそうなほど嬉しい。

「晃……、お、俺だって……！」

　――――おまえが、好き。

　そう言いたかったけれど、ためらってしまう。

　金を返したとき、晃をひどい言葉で罵ってしまった。晃が社長になると知ったあとで今更好意を告げるのも、何だかちょっと図々しいような気もする。そもそも、本気の恋の告白なんて初めてだし、どんなふうに告げたらいいのかも分からないのだ。

だけどこの気持ちは本物だし、想いを伝えて受け入れてくれるのなら、これ以上に嬉しいことはない。晃の気持ちだって、ちゃんと受けとめたいと思うし――――。

そんなことをぐるぐると考え、思考のループに陥りそうになった、そのとき。

不意に、カウンターの上に置いた美里の携帯が鳴った。チラリと液晶画面を覗いた晃が、キュッと片眉をつり上げる。

「……西野様、ですか。こんな時間に何事でしょうね？」

晃の声に険があったから、慌てて携帯を取り上げる。冷や汗をかきながら電話に出ると、西野の能天気な声が聞こえた。

『やあ、美紗斗。仕事終わった？』

「……え、ええ、まあ」

『そう。じゃあタクシーでおいでよ。部屋は最上階だ。何か食べたいかな？　希望があればルームサービスを頼んでおくけど』

「ええと、うーん……」

一度は行くと言ってしまったのだから、何とか丁寧な言葉でキャンセルしなければ。

そう思うのだが、上手い言葉が浮かばない。考えながら、美里は晃の顔を見た。

どことなく気遣うような表情。それは折《おり》に触れ美里に向けられていたまなざしだ。

きっと色々なことを思っているのだろうに、強いて感情を押し殺しているようなその表情を見たら、西野に告げるべき言葉がすんなりと浮かんできた。

そうだ。悩むようなことなんか、何もないのだ。

晃に微笑みかけながら、美里は言った。

「すいません、西野さん。やっぱり俺、そっちには行けません」

『え、どうして？』

「俺、好きな人ができたんです。これからその人の家に行って、一緒に甘いものでも食べたいなって。それからその人と、朝までずうっと抱き合ってたいなって……。だから、西野さんのところには、行けません」

頰を染めながらぽつぽつと言葉を発していくのに従い、晃の顔に穏やかな笑みが浮かんでいく。

電話中だということも忘れて体を寄せ合い、どちらからともなく求め合ったキスは、甘く優しい味がした。西野が呆れた声でごちそうさま、と言うのが聞こえたきり、電話はぷつりと切れてしまった。


今日のスイーツは、自由が丘にある某有名洋菓子店のマロンケーキ――――。

晃からそう聞いて、ワクワクしながら彼のマンションに足を踏み入れた。

けれど玄関の扉が閉まると、お互いに甘いものよりもっと切実に欲しいものがあることに気づいて、寝室へと直行してしまった。

慌ただしく衣服を脱ぎ、キスを交わし合いながらベッドの上に横たわると、何故だか晃の裸身《らしん》が眩しかった。頭がかあっと熱くなって、つい目を背けてしまう。

「どうしたんです、美里さん？　もしかして、恥ずかしいんですか？」

「……べ、別に、そういうわけじゃ……」

恥ずかしいというよりは、ある意味緊張してしまっているのかもしれない。これからするのは恋人同士のセックスなのだと思うと、何だかそれだけでドキドキしてしまうのだ。

晃が察したように笑う。

「リラックスして、美里さん。せっかく想いが通じ合ったんですから、焦らずゆっくり、時間をかけて愛し合いましょうよ」

そう言って、晃が静かに身を寄せてくる。胸を合わせ、啄《つい》ばむようなキスをすると、それだけで体が甘く蕩けるみたいだった。

濡れた目で晃を見上げると、晃もうっとりとこちらを見返してきた。

「ああ、可愛い。あなたは何て可愛いんだろう……」

晃が言って、そっと首筋に舌を這わせていく。優しい刺激に、上体がしなやかに仰《の》け反《ぞ》る。胸に落ちた口唇に代わるがわる左右の突起を吸われて、背筋に痺れが走った。

「あ、ん……、あき、らッ……」

舐められるたび硬くなっていく乳首を、晃の口唇が柔らかく吸い上げ、あるいは舌先で押し潰す。ゆっくりと急《せ》くことなく、丁寧に愛撫される恍惚《こうこつ》に、体の緊張も解《ほぐ》れていく。とろ火であぶられるような快感に、肌が徐々に火照《ほて》っていく。

（気持ち、いい……）

今まで、乳首だけでこんなに感じたことはなかった。すっかり育ってしまった美里自身の先端には、もう透明液が上がってきている。

「おやおや、もうこんなに濡らして。まだ触れてもいないのに、いやらしいですねえ」

晃がクスクスと笑いながら言って、美里の肢を左右に開く。鈴口から溢れた透明液が腹の上に滴った感触に、身震いしてしまう。内股に晃の息がかかっただけで、それはまたトロリと溢れてきた。

けれど晃は、濡れそぼった美里自身には触れてこなかった。内腿にそっと口唇を這わせながら、さりげない声で訊いてくる。

「美里さん、最近自慰をしたのはいつです？」

「ええっ？」

突然の質問にドキッとしてしまう。そんなこと、今まで訊かれたこともないのに。

「思い出せないくらい、前？」

「う、うん……。何か最近、そういう気になれなくて……、っぁ！」

内腿の筋を膝裏の窪みまでつうっと舐められ、あえかな声を洩らしてしまう。そのままふくらはぎに吸いつくようにしながら下肢《かし》を下り、踵《かかと》をしゃぶるように舐められて、ビクビクと体が震えた。

「なるほど、敏感ですね。ここは、どうです？」

「あ、や……、そん、な……！」

こちらを見つめながら足の指を一本ずつ口腔に含まれ、ねろねろと舌を這わされて悶絶してしまう。淫猥な愛撫に意識がトロトロと溶かされ、何やら陶然となってくる。

もう片方の足指も舐め尽くし、足の付け根までまたゆっくりと口唇を這わせてから、晃が静かに訊いてくる

「美里さん。あれから、誰かとセックスを？」

「え……、し、してない」

「誰かに、ここに触れさせたりは？」

「して、な、あんっ、あ……！」

舌先で双果をチロチロと舐められ、女の子みたいな声で喘《あえ》いでしまう。焦れったさに、美里はキュッと口唇を噛んだ。

（何で、そんなとこばっか……）

いつの間にかはちきれそうになってしまっている欲望には触れず、辺縁《へんえん》ばかりを攻められるのは、すっかり昂ぶってしまった体にはちょっとした拷問《ごうもん》だ。早く熱芯を慰めて欲しいのに、何だか焦らされているような気がしてくる。

もしかして、わざとそうしているのだろうか。

穏やかな訊き方だけれど、さっきからまるで尋問されているみたいだ。先ほどの西野からの電話の件もあるし、もしかしたら晃は、平静を装いながらも気にしているのかもしれない。離れていたこのひと月の間のことを。

（……こいつ、すました顔して！）

涼やかな普段の彼からは想像もつかないほどの、強く激しい独占欲。

時折垣間見えるそれは、彼もまた恋に胸を焦《こ》がしているということの証だ。何だかちょっと晃を可愛く感じて、抱きついてキスしたいような気分になってくる。

美里は微笑んで言った。

「……してないよ、晃。誰とも、何も」

「本当に？」

「ああ。だって俺、おまえだけなんだもん。好きだから触られたいとか、抱いて欲しいとか、こんなに強く思ったの。だから他の奴となんて、たぶんもう、あり得ねえ」

それは初めて口にした、晃への素直な気持ちだ。

でも言ってみてから、ちょっとストレートすぎてまるで色恋ホストの殺し文句みたいだなと、自分で自分が恥ずかしくなってしまう。顔がゆでダコみたいに紅潮してしまったから、プイッと顔を背けた。

晃が喜びと安堵とを滲ませた深いため息をつく。

「……嬉しいですよ、美里さん。本当に嬉しいです。あなたが、そんなふうに思ってくれるなんて」

「そ、そうか？」

「ええ。でも、すみません。そこまで言われたら、ちょっともう無理かもしれない」

「え、何が？」

「ゆっくりと時間をかけて愛し合うのがです。美里さんが欲しくてどうにかなりそうだ」

「あ、晃、わ、ちょ……！」

美里の内股を大きく割り開いて、晃が狭間にせわしく吸いついてくる。熱い舌で後孔を舐られて、淫らな嬌声が洩れた。舌先で解かれ、唾液を絡めて中まで舐り回されると、内奥にジンと痺れが走る。

解けた窄まりにつぷりと指を沈めて、晃が濡れた声で言う。

「ふふ、素敵ですよ、美里さん。中が柔らかくうねってる。ほら、分かりますか？」

「ああっ！　ん、や、動かす、なぁっ！」

中を指でくちゅくちゅと掻き回されて、腰が大きく跳ねてしまう。指を二本に増やされ、弱味をくいっとなぞられると、美里の欲望の先端から僅かに濁った透明液が溢れ出た。

それをチュッと吸い上げて、晃が嬉しそうに笑う。

「これだけで白いのまで滲ませてしまうなんて、本当に随分と溜めていたんですね。一度出したほうが、楽になるんじゃないですか？」

晃が言って、弱味をギュウッと押し込んでくる。それだけで、またトロリと半濁液が溢れてきた。内襞が悦を得ようと晃の指に吸いついていく感覚に、めまいがする。

「ほら、こんなに吸いついてくる。やっぱり達きたいのでしょう？　ここだけで達ってごらんなさい、美里さん」

「ふぅ、んんっ、やっ！」

後ろを指で弄られ、それだけで達してしまうなんて嫌だ。

そう思い、腰を捻って逃れようとしたけれど、前みたいに肢と体を折られて膝を肩につくほど押し上げられたから、自力で体を返せなくなってしまった。その上尻だけ高く上げさせられ、指を抽挿するように動かされて、身悶えしてしまう。

「あんっ、や、あき、らっ、こんな、や、だっ……！」

恥辱感たっぷりな体勢のインパクトも凄まじいが、三本に増えた指が難なく後ろに沈んでいく光景は、それだけで恐ろしくエロティックだ。ぬちゃぬちゃと音を立てて中を掻き回されて、急激に射精感が募《つの》ってくる。

晃が楽しげな声で言う。

「美里さん、ほら、見えますか？　あなたのここはもうトロトロに蕩けて、私の指を三本も咥え込んでいますよ？　時折ヒクヒクと震えているのは、達きそうだからなのでしょう？　このまま、達っていいんですよ？」

「や、嫌、っ……！」

「どうしてです？　出したいのでしょう？」

「んんっ、や、だっ、指、じゃ、やっ……！」

達くのなら、晃と繋がって達きたい――。

そう訴えるように、尻を振って叫ぶと、晃が笑みを浮かべて指の動きを緩めた。美里の汗ばんだ髪を慈《いつく》しむように梳いてから、艶めいた声で囁く。

「美里さん。それなら、どうして欲しいのか言わなくちゃ」

「え……」

「ちゃんと口に出して言いなさい。あなたが欲しいものを」

「ふ、う、あぁっ！」

三本の指を中でばらばらに動かされて、腰がビクビクと跳ねてしまう。こんなにもグズグズに乱しておいて焦らすようなことを言うなんて、晃はなんて意地悪なんだろう。

だけど――――。

晃とは、もう恋人同士なのだ。何も恥ずかしがったりすることなんかないのかもしれない。まなじりを欲情の涙で濡らしながら、美里は言った。

「ん、んっ……、お、おま、えっ」

「私？」

「う、ん、おまえの、欲し、いっ……！」

絞り出すように言って、濡れた目で晃を見上げる。

「くれ、よ、おまえをっ！　おまえの、全部、挿れ、てっ……！」

達してしまいそうになるのをこらえ、淫らな哀願の言葉を発する。

すると晃が、心底満ち足りたような笑顔を見せた。指を引き抜いて体の位置をずらし、後孔に熱い先端を押し当てながら、甘い声で言う。

「いい子ですね、美里さん。ではあげましょう。私を、全部」

「あああぁッ――――！」

屈曲位のままひと息に最奥《さいおう》まで貫かれ、意識が真っ白に弾けた。

久しぶりに極めた絶頂のあまりの強烈さに、全身がビクビクと震えてしまう。自らの胸や顔に夥《おびただ》しい量の蜜液をまき散らしながら、後ろで何度も晃を締めつけると、晃が小さく呻いて、苦しげに眉根を寄せた。

「……ふ、凄いな。相変わらずの締めつけだ。放ってしまいそうになる……！」

晃の声は、快感に震えている。感じてくれているのが嬉しくて、何故だか涙が溢れてきた。力強い声で、晃が言う。

「愛しています、美里さん。あなただけです」

「あ、あき、ら……！」

「指名替えは許しません。あなたは永久に、私のものです」

「晃……、あっ、はあっ、あああぁッ――――！」

放埓の余韻が冷める暇もなく、晃に激しく突き上げられ始め、悦びの啼き声が止まらない。晃への愛しい想いだけが胸に溢れて、何も考えられなくなっていく。

「ああッ、俺も、好、きっ！　晃が、好きッ……！」

手を伸ばして晃の首に抱きつき、夢中で腰を揺すりながら、美里は声を限りに叫んでいた。想いを寄せ合ってするセックスの深い悦びに、どこまでも浸《ひた》りながら。


そうやって何度も愛を交わし合い、一緒にマロンケーキを食べてから、互いの腕の中で幸福な気分で眠りに落ちたその日の夕刻。

そろそろ起きないと仕事に遅れるからと、晃に起こされてリビングへと歩いていくと、ソファの前のローテーブルの上に、見覚えのある物が置かれていた。

厚みのある封筒。ひと月前、美里が晃に投げつけたものだ。

「晃、これ……」

「もう何もかも解決しましたから、それはお返しします。手術代がいるんでしょう？」

「それは、そうだけど……。でも、俺が借りた三百万は？　体で受け取ったからチャラだとか、もうそういうこと言うなよ？」

「まさか、言いませんよ。そんなふうに思ったことなどなかったと、昨日話したじゃないですか」

晃が言って、ニコリと微笑む。

「お金は、ルナさんから直接回収することになりました。ヒロさんに飛ぶよう命じられていたにしても、結局は自分の飲食代金だからと、そう言ってくれまして」

「え、でもルナちゃん、今仕事してないんだろ？」

「ええ。ですから、うちの系列店に入店できるよう取り計らいました。元々大変な売れっ子さんだったので、そこはすんなりと」

「そっか……」

何となく、安心する。それこそが夜の世界で働く者のプライドだと思えて、自分まで力が湧いてくる。封筒を手に取り、そっと胸に押し当てて、美里は言った。

「潔いよな、ルナちゃん。あの子ならすぐに店のナンバーワンになって、金なんかあっという間に返してくれそう。頑張って欲しいな」

「は？　何を他人事みたいに言ってるんですか、あなたは」

「へ？」

「頑張って欲しいのはあなたのほうですよ。全く情けない。何ですか先月の売り上げは」

「ちょ、おまっ、誰のせいだと思って……！」

「言っておきますが、恋人だからといって、私は一切手加減はしませんからね？　今度あんな数字を出したら即刻クビですから、そのつもりで。せいぜい頑張って、ナンバーワンの座を取り返すことですね」

「おーまーえー……！」

慇懃な言葉に苛立って、頭に血が上ってしまう。ぐっと拳を握り締めて、美里は言い放った。

「上等だこの野郎！　ぜってえ負けねえからなッ！」

絶対に、ナンバーワンを取り返す。そしてもう、誰にもその座を譲らない。

不敵に笑う恋人の顔を睨みつけながら、美里はそう心に誓っていた。

オンリーワンは揺るがない

夕闇《ゆうやみ》の落ちた寝室に、美味《おい》しそうなバターの香りがほのかに届く。

どうやら甘いもの好きな恋人が、オーブンで何か焼いているみたいだ。彼の得意なマフィンだろうか、それともパウンドケーキだろうか――。

原川美里《はらかわみさと》はゆっくりと瞼《まぶた》を開き、ベッドの上で寝がえりをうった。ぼんやりと枕元《まくらもと》の目覚まし時計を眺《なが》め、その針の向きを確認する。

瞬間、まだ寝ぼけていた頭がすうっと覚醒《かくせい》した。

「……のわあーっ！　五時半じゃねえかああ！」

慌《あわ》てて傍《かたわ》らの携帯をつかみ取って、もう一度時間を確認する。

やはりどう見ても五時半だ。慌ててベッドを飛び出し、寝室を出て廊下をリビングまで走ると、キッチンのオーブンから焼けたばかりのスコーンを取り出している恋人、堂本《どうもと》晃《あきら》の姿が目に入った。美里は憤慨《ふんがい》しながら叫んだ。

「晃あっ！　てめえまた目覚まし止めやがったなあッ？」

「ああ、おはようございます美里さん。だって、美里さんがうるさそうにしていたから」

「うるさくなきゃ目覚ましじゃねえだろがっ！　くっそお、今日は早出してモエちゃんに営業かけようと思ってたのに……！」

モエちゃんは先日来店してくれた原宿の人気美容院のオーナーだ。美里に本指名を入れてもいいようなそぶりだったから、美容院の店休日前日の今日はチャンスだと思っていたのに。

「まあまあ、そう焦《あせ》らず。このところ仕事も立て込んでいましたし、少しでも睡眠不足を解消できたんだから、よかったじゃないですか」

「そういう問題か！　つか、今日の睡眠不足は誰のせいだよ！」

「おや、私のせいだって言うんですか？　もっと欲しいと何度もせがんできたのはあなたのほうでしょう？」

「違っ、あれは勢いでっ……！　てか、それどこじゃねえ、風呂だ風呂っ……！」

言い合いで負けるのは悔《くや》しいが、ここで晃とやり合っている時間はない。とにかくシャワーを浴びなければと、美里は浴室へと走っていった。


美里が晃と恋人同士になって、はや二か月。

先月の締め日に、美里はめでたくホストクラブ『セブンスヘブン』のナンバーワンホストの座に返り咲いていた。一度は離れてしまった指名客たちも地道な営業努力のかいあってまた戻ってきていたし、新しい指名客も順調に増えていたから、仕事は至って順風満帆《じゅんぷうまんぱん》だと言える。

おまけに債務整理に詳《くわ》しい弁護士を晃に紹介してもらったおかげで、親の残した借金の返済のめども立ったから、とにかく稼《かせ》がなければと必死だった以前よりもずっと楽しんで生活できている。手術がふた月後に決まった入院中の妹・陽菜《ひな》の体調も安定しているし、取り立てて思い悩むこともない毎日だ。

「私が乾かして差し上げますよ、美里さん」

浴室を出てバスタオル一枚で脱衣所の大きな鏡に向かい、ドライヤーを使おうとしたところで、晃が声をかけてきた。

その片腕には、いつの間にか買いそろえておいてくれた美里にちょうどいいサイズのシャツと下着。反対の手には整髪料が握られている。どうやら乾かすだけでなく、普段は店に行く前に美容師にしてもらっている、髪のセットまでしてくれるつもりのようだ。

最近の晃は万事この調子で、とにかく美里にかまいたがる。恋人にそんなふうにされるのはとても嬉しいけれど、何だかまだちょっと照れもある。

「い、いいよ、晃。おまえだってそろそろ支度《したく》しなきゃだろ？」

「いえ、私はまだ平気です。今夜はグループの経営会議を兼ねた会合があるので、店に行くのはそのあとですから」

「……あ、そうなんだ？」

「はい。もしかしたら、閉店後にちょっと寄るだけになってしまうかもしれません」

そう言って晃が、美里の手からひょいとドライヤーを取り上げる。そのまま美里の髪に温風を当てながら、話を続ける。

「それに明日は明日で、別の会合がありまして。ほら、最近お店にちょっとした嫌がらせめいたことをされているでしょう?」

「ああ、入口んとこのガラス窓が割られるとかってやつ?」

「ええ。それで明日は商店街組合の方々とお会いすることになって。でも、なかなか店に出られないのはホストとしては問題ですよね。そろそろ経営のほうに専念したほうがいいのかな、私は」

ふた月前、晃はホストクラブ『セブンスヘブン』の代表取締役社長に就任した。

最初はそのまま身分を隠してホストとして働き続けていたけれど、結局社長であることを隠し切れず、今は『代表』の肩書のもと、経営者兼ホストとして店で働いている。

だが、彼自身が『セブンスヘブン』の経営母体であるヘブン&シー・グループ現会長の実子《じっし》で、グループの執行《しっこう》役員でもあるという立場上、こんなふうに店に出られなかったり、ときには何日かどこかに出張したりすることもある。やはり社長業というのは、なかなか大変みたいだ。

「そっか……。まあでもさ、今すぐ決めることもないんじゃね? おまえ、ホストとしても優秀なんだしさ」

「……そう思いますか?」

LÓCIDO

「うん。何たってこの俺とナンバーワン争いしてたくらいだ。おまえの実力は、俺が保証するって」

軽く言って、洗面台の脇に置いてある小さな時計を見やる。

いつの間にかもう六時過ぎだ。早めにここを出て一度家に戻り、出勤できるよう服を着替えなければと思い、美里は晃を振り返って言った。

「晃、さんきゅ。もういいよ」

「え……。でも、まだ髪のセットが」

「もう行かなきゃ。あとはいつもの美容院でやってもらうから大丈夫だよ」

「けど、お食事だってしてないですし」

「どっかで適当に食ってくからいいって。とにかく、帰って服着替えなきゃだからさ。昨日と同じスーツじゃ、店に出られねえだろ？」

そう言うと、晃はちょっと考えてから言った。

「……ああ、なるほど。でも、そういうことならまだ時間はありますよ？」

「へ？　どういうこと？」

「ちょっと、こちらへ来て」

晃が意味ありげな顔をして言って、美里についてくるよう誘う。

連れていかれたのは寝室だ。クローゼットを開けながら、晃が独《ひと》りごちるように言う。

「本当は、ラッピングしてからお渡ししようと思っていたのですがねえ」

「え……？」

晃がクローゼットから取り出したのは、袋がかかった状態のスーツだ。袋の胸のところには、イタリアの超高級メンズブランドのロゴ。晃が普段、仕事のときに好んで着ているブランドだ。促《うなが》されてファスナーを開いてみると、中にはスタイリッシュなシルバーグレイのスーツが収まっていた。

「うお！　何だこれ、超かっけえじゃん！」

「でしょう？　美里さんの好みだと思ったんです。これに合う新しいシャツと、ネクタイもありますよ？」

「……え。てか、俺の好み……？」

確かに、よくよく見ると長身の晃には小さいサイズだ。もしかしてこれも、美里のためにあつらえてくれたのだろうか。

「実はこの前、スーツを新調しに行ったときにちょっと衝動買《しょうどうが》いをしてしまったんです。あなたにプレゼントしようと思って。でも、今日着てもらってもかまいませんよ？」

「プレゼントって……、いや待て。衝動買い？　だってこれ、超お高いヤツだろっ？」

「いいえ、既製品《きせいひん》ですからそれほどでは。でも少し補正してもらいましたから、サイズはぴったりだと思います。何しろあなたの体のサイズは、もう隅々《すみずみ》まで知り尽《つ》くしていますからね」

そう言って晃が微笑《ほほえ》んだから、いくらか卑猥《ひわい》なその口調に頰《ほお》が赤く染《そ》まってしまう。

嬉しさと照れとを隠すように顔を背《そむ》けて、美里は言った。

「ほ、補正までしちまったんじゃ、もう俺が着るしかないよな。ありがたくもらっといてやんよ。サンキューな！」

美里の言葉に、晃が満足そうに頷《うなず》く。それからスーツとシャツをもう一度クローゼットに戻して、ニコリと微笑んだ。

「さて、これで当面の問題は解決しましたね。じゃあちょうどいいですから、もう一度ベッド《ここ》に寝てみましょうか」

「はあ？　何でだよっ？」

「言ったでしょう？　今日はもうあなたに逢えないかもしれないんです。行く前に、もう一度愛を確かめ合っておかなくては」

「なッ、ちょ、待てっ、わあっ！」

ひょいと体を抱き上げられ、そのままベッドの上に身を横たえられてうろたえてしまう。服は何とかなるにしても、ここで抱き合っていたらたぶん間違いなく重役出勤状態だ。

慌てて逃げようとするけれど、考えてみたらこちらはバスタオル一枚腰に巻いているだけの、実に無防備な格好だった。それをひらりとはぎ取られ、体の上に圧《の》し掛かられて、あわあわとしてしまう。

「お、おい、晃、ちょっと待てって、あ、あんっ……」

ベッドの上部に後《あと》ずさって逃れようとしたけれど、首筋にチュッと吸いつかれたら、全くそんなつもりもなかったのに濡《ぬ》れた声が洩《も》れてしまった。晃が嬉しそうに言う。

「ふふ、湯上がりのあなたは敏感《びんかん》ですね。肌もピンクに上気《じょうき》して、凄《すご》く綺麗《きれい》だ」

「あ、ン、晃、よせって、遅刻しちゃうだろ……！」

「大丈夫。私が蒲田《かまた》店長に連絡してあげます。それならいいでしょう？」

「で、でも……、やっ、あぁんっ……！」

一応は抵抗を試みるが、晃の言葉の通り、隅々まで知り尽くされた体はほんの少しの刺激でとろとろと蕩《とろ》けていってしまう。内腿《うちもも》や双丘《そうきゅう》を撫《な》で回され、胸にキスを落とされたら、抗《あらが》う気持ちなどすぐにねじ伏せられてしまった。

くねくねとシーツの上を泳ぎ始めた美里に、晃が秘密めかした口調で言う。

「蒲田さんには、〝ミーティング〟だとでも言っておきましょうか。あなたと私だけの大切なミーティングだと。逢えない時間の分も、たっぷり打ち合わせしておきましょうね？」

淫靡《いんび》な声音《こわね》にめまいを覚える。行為に耽溺《たんでき》してしまう予感に震えながら、美里はキュッと目を閉じた。

それから、数時間後のこと。

ホストクラブ『セブンスヘブン』は、今夜も盛況《せいきょう》だ。美里は指名客が途切《とぎ》れたほんの短い時間に、ロッカールーム兼休憩室で栄養ドリンクを喉《のど》に流し込んでいた。夕方晃と激しく抱き合ったせいかまだ何となく疼《うず》いている腰をさすって、ふうっとため息をつく。

（つーか俺、マジでヤバくねえ？）

もしかしたらこういうのを、色ボケとか色情狂とかいうんじゃないだろうか。

遅刻するのはまずいと思い、最初は行為を拒《こば》もうとしたはずなのに、結局美里はあのまま、晃とのセックスにとことんまで溺《おぼ》れてしまった。

恥ずかしいくらい何度も極《きわ》めて、身も心もすっかりデレてしまったあとは、晃の手作りスコーンを味見と称してたっぷり食べ、結局家にも帰らぬまま、美里は例のスーツに身を包んで店に出勤することになってしまったのだ。

だが、いつもの出勤時間より一時間ばかり遅れて行ったにもかかわらず、店長の蒲田は小さく頷いただけだった。二人の関係にはすでに気づいている様子だけに、何だかかなり恥ずかしい。

（いくらラブラブだからって、やっぱこういうのは、ちょっとよくないよなあ）

晃の家に泊まった翌日は、今日みたいにだらだらとイチャついていて遅刻してしまうことがたまにある。さすがにここまで遅れたことはなかったが、一応美里も店では『幹部』の肩書を持つ立場であるし、そもそも今日は社長である晃に連絡を入れてもらったから何とかセーフだったわけで、やはりそれはちょっと反則技だろうとも思う。晃には、今後はこういうことはやめようと言わなければ。

そんなことを思いながら、閉店までもうひと頑張りしようとロッカールームを出て店内へ戻っていくと、いきなりフロアマネージャーに呼び止められた。声を潜《ひそ》めて、マネージャーが言う。

「美紗斗さん、すみませんがＶＩＰルームのほうへいらして頂けますか？」

「ＶＩＰ？　ええと、指名客っすか？」

「はい。男性の、お一人様なのですが……」

基本的に、この店は男性の単独での来店は断っている。美里は先回りして訊いた。

「誰かのツレだった人？　それとも、紹介？」

「それがはっきりとは。どうやら店長のお知り合いのようで」

「へえ、店長の？」

蒲田は至って寡黙《かもく》な男で、普段から自分のことはほとんど話さない。店に知り合いが訪ねてくるようなこともまずなかったから、どんな客なんだろうとちょっと興味が湧《わ》く。

スーツの襟を正してＶＩＰルームへ向かうと、そこには確かに、一人の男がいた。

（……え？）

ＶＩＰルームを仕切るガラスの扉越しにチラリと見えた男の姿に、軽い驚きを覚える。

黒いパーカーにヴィンテージ風のジーンズ、そして小ざっぱりとした黒髪。客と言うにはあまりにラフな装《よそお》いと、どう見ても二十歳そこその容貌《ようぼう》は、完全に美里の予想を外れていた。一体何者なんだろうと訝《いぶか》っていると、男が美里に気づいて顔を上げ、扉越しにこちらを見返してきた。

美里は驚きを隠しながらＶＩＰルームへ入り、男の正面へ行って、ヨーロッパ貴族よろしく慇懃《いんぎん》に頭を下げた。

「お待たせして申し訳ありません、お客様。『セブンスヘブン』へようこそ」

「……いえ、別にそれほど待ってはいませんが……、あなたは？」

「ナンバーワンホストの美紗斗です。本日はご来店、ありがとうございます」

そう言って顔を上げ、男の顔を見る。

なかなか整った容姿をしているが、男はやはりかなり若いようだ。どこか冷めた目をして美里の顔を見つめ、続いて上から下まで値踏みするように眺めてくる。

それから、やや興《きよう》ざめしたような顔をして男が言った。

「なるほど、あなたがナンバーワンの美紗斗さんですか。長くその座についているというからには、それなりに貫禄《かんろく》のある人物なのだろうと想像していたのですが、思ったよりも若いのですね。そのスーツを着るにしては、髪の色を少し明るくしすぎなのでは？」

「――――」

たまに、ホストに辛《しん》らつな言葉を浴びせて反応を試すような客はいるが、いきなり指名してきてそんなふうに言われたのは初めてだ。しかも大して年も変わらなさそうな男に。

けれどもちろん、こちらもプロだ。いちいちカチンときたりはしない。にこやかに微笑んで、美里は言った。

「恐れ入ります、まだまだ若輩者《じゃくはいもの》で……。あの、お客様は、店長からの紹介だと伺《うかが》っておりますが？」

「店長……？　ああ、蒲田さんのことですか。いえ、彼は単にここに雇《やと》われているスタッフにすぎませんから、僕とは何の関係もありません。それに実のところ、この部屋へ通された理由も量《はか》りかねています」

「……は？　ええとじゃあ、お客様は、お客様だってわけじゃ……？」

「当然でしょう？　僕は男です。ホスト遊びなどするわけがないじゃありませんか」

呆《あき》れたような顔で言って、男が首を振る。

「まあ、いいです。おかげで店のナンバーワンホストをこの目で見ることができたのですから。と言っても、正直微妙でしたけれど」

「……え？　あ、あの、微妙というのは……？」

「想像とは少しずれていましたけど、ある意味予想通りでもあったと言いますか。まあホストクラブという空間は、過剰《かじょう》な装飾と浅薄《せんぱく》なホスピタリティとが同居する場所ですから、あなたのような人がトップでも何もおかしくはありませんが。どうやら僕が、いろいろと期待しすぎていただけのようです」

「はあ。え、ええと……」

男はよどみなく話しているのに、こちらは話が全く見えてこない。

でも何だか、物凄《ものすご》く侮辱《ぶじょく》されたような気がする。この男には全く見覚えがないし、こんな挑発的な態度を取られる理由も分からないのだが。

ちょっと唖然《あぜん》としてしまっていると、男が更に言った。

「ところで、あなたは枕営業というのをしたことはありますか？」

「はぁっ……？」

「あれは労力の割に効率の悪い営業手法だと僕は思うのですが、あなたは試されたことがありそうですね。ぜひ教えて頂きたいのですが、実際どの程度売り上げに影響があるものなのでしょうか？」

（一体何なんだ、こいつは……！）

平静な口調で失礼なことばかり言う男の態度に、だんだん腹が立ってくる。店長の知り合いだか何だか知らないが、ホストの世界の実態など全く知らなさそうな人間に、こんなふうに侮辱されるいわれはない。

ナンバーワンホストとして、ここでキレたらこっちの負けだというのは充分分かってい
るが、何か言い返さずにはいられない。美里は男をじっと見返して言った。

「……なあ、あんたさ。自分が何言ってるのか、分かってんの？」

「は？」

「俺は今まで一度だって客と寝たことなんてないし、そんなんでトップ獲《と》るホストなんて、
正直クソだと思ってる。そんでそれはたぶん、この店の他のホストだって同じだ。だから
そんなふうに言われるのはムカつくし、店長だって、きっと……」

「……そうですね。さすがにちょっと言いすぎだと思いますよ、透《とおる》」

ＶＩＰルームに柔らかく響いた声に、透と呼ばれた目の前の男が入口の扉のほうを向く。

美里も振り向くと、そこには晃が立っていた。

「あき……、あ、いや、『代表』……。随分、早かったんすね？」

晃を代表と呼んで話し言葉はとりあえず敬語、というのは、一応店内での決まり事だ。

晃のほうにあまりこだわりがないためか時折《ときおり》有名無実化するが、少なくとも客の前では、
美里はそれを通している。

晃が美里に軽く頷いてからソファに腰かけ、透に向き直る。

「今日来るとは思わなかったですよ。卒論の進み具合はいかがです？」

「テーマについては、早々に教授からＯＫが出ました。だからこうして実地調査に来たんですよ、兄さん」

「……えっ？　に、兄さんっ？」

確か以前、自分には母親の違う兄と弟がいると晃は言っていた。あまり仲が良くないようなことを言っていたけれど、彼はその弟のほうなのだろうか。キョトンとしていると、晃が訝《いぶか》るように言った。

「おや……？　透、まさか美紗斗さんに、何も話していないのですか？」

「別に話す必要もないかと。予断を与えないほうが、現場の生の声が聞けるでしょう？」

「それはまあ、そうですがねえ……」

晃が小さくため息をつきながら言って、こちらを向く。

「じゃあ美紗斗さん、私から紹介しますね。こちらは天海《あまみ》透君。私の母の再婚相手である、ヘブン＆シーの前会長の息子さんで、私にとっては弟に当たります。大学で経営学を学ぶ学生さんですよ。年はあなたより一つ下ですね」

若そうだとは思ったけれど、年下とは思わなかった。それに前会長の息子だというなら、一応御曹司《おんぞうし》だってことじゃないか。

「え……、てことはあの、もしかして、いずれは……？」

「ええ。彼は大学卒業後に本部業務に携《たずさ》わることになっています。ゆくゆくはグループを継ぐことになるでしょうね。卒業論文のテーマにホストクラブの経営を選んだのも、彼自身の意思なんですよ」

晃が言って、小首を傾《かし》げて続ける。

「それで、私が一度ここへ見学に来るようにと誘って、蒲田さんにもサポートしてもらえるよう話を通しておいたのですが、一体どんな成り行きでこんなところで二人きりに？」

「それは僕も知りたいですよ、兄さん」

（……ああなるほど！　そういうことか！）

蒲田は寡黙だが結構人を見る目がある。この透という若者が頭でっかちで青臭い学生だと見抜いたから、あえてナンバーワンホストの美里に引き合わせたのかもしれない。

論文だか実地調査だか知らないが、こちらにはホストとして働いてきた経験がある。美里は小さく咳払《せきばら》いをして、もったいぶった口調で言った。

「あー、それはあれだろ。つまり店長が、この俺に彼の指導を……」

「誰かに何かを指導してもらう必要はありません。欲しい情報は自分で収集しますし、疑問点は社長である兄に聞きますから」

透にそう言って言葉を遮《さえぎ》られたから、ちょっとムッとしてしまう。人の話は最後まで聞けと意見しようとしたけれど、透は気にせず更に続けた。

「早速ですが、兄さん。二つほど、気になったことを言ってもいいですか」

「ええ、かまいませんが。何です？」

「まず一つ目は、入口を入ってすぐのクロークのことです。せっかくの広いスペースなのに、奥が物置代わりになっていることが気になりました。もったいない空間の使い方だと思います」

「……ほう。もう一つは？」

「ＶＩＰルームへ誘導される途中に、バックヤードの中が覗《のぞ》き見えるところがありました。非日常的なもてなしの空間を演出すべきこのような場所で、それはいかがなものかと」

透の言葉に、目を丸くしてしまう。この短い時間にそんなふうに店内を観察していたなんて驚きだ。晃が愉《たの》しむような顔で言う。

「ふふ、さすが。よく見ていますね。それで？　きみなりの改善方法も考えたのでしょうね？」

「もちろんです。クロークは今の半分のスペースにして、残りのスペースに小さなラウンジを作ったらどうかと思いました。入店待ちのお客様をそこへ誘導して、ウエルカムドリンクを振る舞うんです。バックヤードの入口には、店内装飾に馴染《なじ》むパーティションを設《もう》ければ済むかと。もちろん、消防法上の問題がなければですが」

透のよどみのない発言に、あんぐりと口を開けてしまう。今まで店で働いてきて、そんなこと考えたこともなかった。まさか素人《しろうと》同然の学生にそんな提案をされるなんて。

（ま、負けられねえ……！）

　こっちにもプロの意地がある。美里は割り込むように口を挟んだ。

「なあ、クロークを半分はいいとして、ラウンジのほうに割《さ》く人員はどうするんだ。マネージャーは手一杯だし、ホストにするにしても、下《した》っ端《ぱ》ってわけには……」

「それは経営者サイドが考える問題です。ホストのあなたが考えることじゃない」

「……んだとっ？」

「そうそう、ホストの教育ももう少ししっかりしたほうがいいと思いますね。おかしな敬語を使われたり、軽薄すぎる雰囲気で接客されたりしたら、それだけで幻滅《げんめつ》してしまうお客様もいらっしゃるでしょうから」

「……ちょっ、てめ、喧嘩《けんか》売ってんのか！」

「まあまあ、美紗斗さん。あくまで一つの意見ですから。それに、忌憚《きたん》のない意見というのは結構貴重《きちょう》だと思いますよ？」

　明らかに挑発されているのに、晃がとりなすようにそう言ったから、唖然としてしまう。

　晃が続けて、透に言う。

「まだまだいろいろと面白い意見がありそうですが、今日はもう遅いですし、また次の機会にじっくりと聞くことにしましょう。ちなみに透、ここへは独りで？」

「はい」

「そうですか。では私がおうちまで送って差し上げます。行きましょうか」

晃が言って立ち上がり、透を促すように扉を開けたから、驚いてしまう。

遅いと言ったって、まだ日付も変わらない時間だ。二十歳すぎの学生をわざわざ家まで送るなんて、ちょっと過保護すぎやしないか。

何だかいろいろ面白くなくて、軽く晃を睨《にら》みつけていると、晃は透の肩を抱くようにしながらこちらを振り返り、ニコリと微笑んで言った。

「それでは、美紗斗さん。すみませんが今夜は直帰になりますので、あとはよろしくお願いします。あなたも、ちゃんとタクシーで帰るんですよ?」

「え、ちょ……！」

あまりにもあからさまな待遇《たいぐう》の違いに、絶句してしまう。

今夜はもう逢えないかもしれないと、夕方あんなに熱烈に求めてきたくせに、まるで手のひらを返したようなそっけなさじゃないか。

(何なんだよ、もう！)

何やら釈然《しゃくぜん》としないが、親族の人間に対しては、さすがの晃も気を遣《つか》うということなのだろうか。美里は茫然《ぼうぜん》としたまま、帰っていく二人の背中を見送るばかりだった。

「――――はい。ですから、比較的空《す》いている時間帯でも、この三つの卓には常にお客様を通しておいたほうがいいかと。入口から入っていらしたお客様に盛況な印象を与えられれば、気分も購買《こうばい》意欲も盛り上がるでしょう？」

「なるほど。さすがですねえ、透は。おや、そろそろ開店時間ですね。あとはむこうでお話ししましょうか……」

　あれから二週間ほどが過ぎた、ホストクラブ『セブンスヘブン』。

　開店直前の時間を使い、クリップボードを片手にフロアを歩き回ってあれこれと話し合っていた透と晃が、休憩室のほうへ歩いていく。キャッシャーのところで美里と一緒に二人を眺めていたフロアマネージャーが、感嘆《かんたん》したような声で言う。

「……ふう。全く凄いですねえ、彼。完全に出来が違うというか何というか」

「えー、そぉ？　どの辺が？」

「結構鋭《するど》いところを突いてくるじゃないですか。私も長年内勤をやってきて、色々と分かっていたつもりでも、気づかなかったこともありますし……。代表もですけど、やっぱり学がある人は違うってことですかねえ」

　この二週間、透は毎日のように店に来ている。そのたびにこうして店の中を見て回って様々な意見を言うのだが、マネージャーの言う通り、透の指摘はかなり的《まと》を射《い》ていることが多い。

先日話していたラウンジも、まだテーブルと椅子で試験的に作ってみた段階だがなかなか好評だし、円滑《えんかつ》に店を回していくために彼が出した提案は、おおむね納得できることばかりだ。年はさして変わらない学生なのに、透はもう経営者の視点で店を見ているのかもしれない。

（……つーか、マジで面白くねえし！）

こういう仕事に学歴は関係ないと、美里は常々思ってきた。稀《まれ》に晃のような例もあるけれど、何より自分自身が店のナンバーワンだということが、その証拠だと思っている。

けれどももちろん、美里にだって多少の学歴コンプレックスはある。今回のように年が近いのに明らかに出来がいい人間が目の前に現れれば、やはりどうにも埋めようのないレベルの差を感じて、ちょっぴり委縮《いしゅく》してしまいそうになるのだ。

もちろん、そんなのは自分らしくないと分かっているし、それを誰より分かってくれているであろう晃と話せれば、きっといつもの自信を取り戻せるとは思うのだが、このところ晃は、何だかひどく忙しそうだ。

透が現れるまでは、店でも家でもうるさいくらいにベタベタとかまってきていたくせに、最近は店が閉店したあとに家で逢ったり、ゆっくり電話するような余裕もないらしく、何となくすれ違ってばかり。こうして同じ店で働いてはいるけれど、透が店に来ているときはこんなふうにほとんど付きっきりで話をしているから、美里とはプライベートな会話がほとんどないのだ。

美里が透の存在を何となく面白くないと思っているのは、そのせいもある。

(でも寂《さび》しいとかそんなこと、言えねえし……)

晃がかまってくれていたときは、ことさらにそんなことを意識することもなかったけれど、美里だって恋人として晃と一緒に過ごしたいし、もっと晃と話したい。

抱き合いたいという気持ちだって、当然強くあるのだけれど、でもそんなことを言うのは、何だか男としてみっともないような気がして言えない。勉強のためにここへ来ている弟相手にヤキモチ焼いてるなんて思われるのも癪《しゃく》だから、自分の気持ちを素直に言おうとも思わないが、でもほんの少しだけ、恋人だったらそういうことを察してくれたらいいのに、などという気持ちもあったりして――。

そんなことを思うのは何だか子供っぽい気がするし、自分でもちょっと恥ずかしいのだけれど。

「……ああ、しまった。レシートのロールがない」

マネージャーの声に、レジの下を覗き見ると、どうやら換えのロール紙がなくなっているようだった。補充しておかないと、どこかで会計にもたつくことになるかもしれない。

「あ、じゃあ俺取ってくるわ。ちょっと待ってて」

言い置いてキャッシャーを離れ、バックヤードのほうへと歩いていく。

するると、バックヤードの奥の備品が積んである一角に、晃と透がいるのに気づいた。

別に遠慮することもないのに何となく入っていきづらくて、手前で立ち止まる。何か話しているのは、透のようだ。

「……まあとにかく、僕にはよく分かりませんね、兄さん。正直言って理解不能です」

「おや、そうですか？」

「ええ。どう考えても、彼にそれほどの魅力があるとは思えません」

透が言って、言葉を切り、それからほんの少し焦《じ》れたような声で続ける。

「あなたのパートナーとしては、僕のほうがずっとふさわしいはずです。美紗斗さんなんかよりも、ずっとね」

思わぬ言葉に、ドキリとしてしまう。何やらただならぬ雰囲気を感じて、恐る恐る二人のいる一角を覗き込むと、二人がじっと見つめ合っているのが見えた。

晃が気遣うようにそっと透の肩に手を置く。

「まあまあ、透。そうカリカリしないで。私がきみのことをとても大事に思っていることは、よく分かっているでしょう？」

そう言って晃が優しい笑みを浮かべたから、驚いて息をのんでしまう。

あんな顔をして笑う晃は、今までほとんど見たことがない。もしかして二人には、兄と弟という立場を超えた何かがあるのだろうか。

（パートナーって……、まさかそういう、意味かっ……？）

兄弟だと言っても、二人は血が繋《つな》がっていない。もしかして透は、晃に親愛以上の感情を抱《いだ》いているんじゃないだろうか。晃も晃で、この前は家まで送ったりしてやけに甘やかしてる感じだし、もしや晃のほうもまんざらでもないんじゃ――――？

浮かんだ疑惑は、何だか突拍子《とっぴょうし》もないことのようにも思える。

だが二人の密着ぶりは、この二週間毎日のように見ている。晃の思いがけぬ笑顔のせいもあって否定しようにも上手くいかず、気持ちは動揺するばかり。とにかくそこを立ち去らなければと思うけれど、何故だか足が動かない。

そうこうしているうちに、透が短く言うのが聞こえてきた。

「……では、兄さん。今日はこれで」

言葉に続いて、備品置き場から透が出てくる。その目が、美里の姿を捉《とら》えた。

（うわ、や、べぇ……）

居心地の悪い沈黙。ややあって、美里が立ち聞きしていたことに気づいたのか、透が微かに眉《まゆ》を顰《ひそ》める。美里はあわあわと言った。

「あ、いやあの……、レシートの、ロールを……」

冷や汗をかきながら、素知《そし》らぬふりをしようとしたけれど、透は呆《あき》れたみたいについっと視線を逸《そ》らしてしまう。それから、低く潜めた声でぼそりと言葉を投げつけてくる。

「……ネクタイが緩《ゆる》んでいますよ、美紗斗さん。仮にも店のナンバーワンなら、こんなところで人のことをこそこそ嗅《か》ぎ回ってないで、身だしなみくらい整えたらどうですか」

「なっ……！」

こそこそと人の話をしていたのはどっちだと、言い返そうとしたけれど、奥から晃が出てきそうだったから、慌てて出かかった言葉をのみ込んだ。

透が白々《しらじら》しく頭を下げる。

「お先に失礼します、美紗斗さん」

冷ややかに言って、透が店の出口へと歩いていく。美里は内心憤慨《ふんがい》したまま、その後ろ姿を見送った。


「美紗斗さん、お疲れ様っす！　お先に失礼しま～す！」

「おー、お疲れ。また明日なー……」

その日の、閉店後の店内。

透とのやり取りがあったせいか、今日の美里は今一つ仕事に乗れなかった。

そういうときの常で、とにかくボトルを空《あ》けることに気を回していたら、いつの間にか飲みすぎてしまったようだ。さすがに酔い潰《つぶ》れはしなかったが、どうも腰に来ているのか、

さっきから店のソファから立ち上がれずにいる。

（つーか俺、やっぱどう考えてもあいつに嫌われてるよなあ？）

先ほどの透の様子を、もう一度思い返してみる。

初めて出会った夜もそうだったが、あれだけ分かりやすく人に突っかかってくるからには、そこにはやはりそれなりの理由があるとしか思えない。晃には強い信頼を抱いている様子の透だが、今まで全く関わったこともないこちらに対してあそこまで敵対心むき出しになる理由なんて、そういくつもないだろう。

やはり透は、晃に特別な感情を抱いているのではないだろうか。そして晃のほうも、ある程度はそれに応えるつもりがあるのでは――。

そんなことをうつうつと考えながら、次々フロアを出て家路につく後輩ホストや内勤スタッフたちに気のない返礼をしている美里に、晃が声をかけてくる。

「美里さん、大丈夫ですか？　ウーロン茶、飲みますか？」

「ん？　ああ、ありがと……」

晃の寄こしたグラスを手にとって、ゴクリと飲む。キンキンに冷えたウーロン茶が喉に心地いい。晃が美里の隣に腰かけて、気遣うように言う。

「美里さん、何だか今日は会話のキレが今一つでしたね。ちょっと、お疲れですか？」

「別に、そんなことねーよ……」

誰のせいだよ、と思うけれど、晃や透のせいだというのはさすがに八つ当たりというものだろう。透は早々に帰ってしまったのだし、立ち聞きしたことをグズグズと悩んでいるくらいなら、あれは何の話だったんだとそれとなく訊《き》いてみればいいのだけれど。

(でも、なんつって訊きゃいいんだよ……？)

まさか、おまえは弟のことをどう思ってるんだなんて迫るわけにもいかない。そんなことを言ったら、きっとまた言われるに決まってる。そんな妄想《もうそう》をするなんて、あなたは本当におバカさんですね、と。

「……ああ、蒲田さん。お疲れ様です。あとは私が」

軽く言った晃の声に、バックヤードのほうを見ると、蒲田が小さく頷いて去っていくところだった。どうやら店にはもう、晃と美里だけしかいないみたいだ。

(二人っきり、か……)

久しぶりに降ってわいた、二人だけの時間。それだけでワクワクと胸がときめく。

せっかくだし、とりあえずさっきのことは忘れて、晃と過ごす時間を素直に愉《たの》しもうか。

そう思って晃を見上げると、晃もこちらを見た。美里が何か言うよりも前に、晃がさりげない口調で訊いてくる。

「陽菜さんはいかがです、美里さん」

「え？」

「ほら、この前の店休日は、私は仕事でお見舞いに行けなかったから……。変わりないですか？」

付き合うようになってから、店休日毎の陽菜の見舞いに、晃もついてきてくれるようになった。晃がバイオリンを弾いてくれるのを陽菜も楽しみにしているから、この前はちょっと残念そうだった。

「ああ、うん。落ち着いてるよ。おまえのバイオリン、聴きたかったなって」

「おや、それはすみませんでした。可哀相《かわいそう》なことをしたな……。それで、手術のほうはどうです。予定通りですか？」

「うん、一応。この調子ならこのまま手術できるだろうって、主治医の木村《きむら》先生が」

「そうですか。それはよかったです」

晃が安心したような顔で笑って、考えるように小首を傾げる。

「でもそうすると、そろそろ今後の暮らしのことも考えなければいけませんね。手術が無事成功したら、退院することになるんでしょう？」

「ああ、まあな。けど実際、何からやりゃいいんだかな――……」

親が他界して以来、何とか二人で頑張ってやってきたけれど、陽菜も一応は中学生だし、学校への復帰はもちろん、今後の進路や受験をどうするかなど、いろいろとこの先のことを考えなければならない年頃だ。

できれば高校は出してやりたいし、バイオリンもちゃんと習わせてやりたい。人並みに友達づきあいだって、させてやりたいし――。

そんなふうにあれこれと陽菜の将来について考えていくと、ちゃんとやっていけるだろうかとちょっと不安になってくる。そんな美里に、晃が穏《おだ》やかな声で言う。

「心配しないで、美里さん。私がついています。これからどうしたらいいか、一緒に考えていきましょう。あなたはもう、独りじゃないんですから」

「……晃……」

晃の温かい言葉に、図らずも胸が震えてしまう。心を支えてもらえるありがたさに、ほろりと来てしまいそうだ。

(独りじゃない、か)

言葉に出せば気恥かしいけれど、こうして気遣ってくれるのは、やはり恋人同士だからこそだろう。我ながら単純だとは思いつつ、何だかそれだけで、夕刻からのもやもやとした気分が晴れていく。

もしかしたら、このまま誘ったら今夜は一緒に過ごせるんじゃないか。

そんな甘い期待を抱いて、美里はもじもじと言った。

「……な、なあ晃？　今日、このあとってさ……」

「ああ、私はまだ帳簿の整理があるので、美里さんは先に上がって下さい。今タクシーを呼んできますから」

「えっ、ちょ、上がれって……！」

せっかく二人きりでいい感じになってきたのに、有無《うむ》を言わさずそう言われたからムッとしてしまう。いくら忙しいからって、それはないだろうに。

「ちょっと待てよ、晃！」

タクシーを呼びに行こうと立ち上がりかかった晃の腕を、反射的につかんで引きとめると、晃が驚いたみたいな顔をしてこちらを見返してきた。涼《すず》やかな晃の瞳の中に、紅潮《こうちょう》した自分の顔が映る。

何か、言いたい。

けれど言葉が気持ちに追いつかない。焦《じ》れた想いに、全身の血がカッと滾《たぎ》って――。

気づけば美里は、晃の首に抱きついていた。噛みつくように吸いついた口唇《くちびる》は、甘く柔らかかった。


「ん……、ん、む……」

二人のほかに誰もいない『セブンスヘブン』の、照明を少し落としたVIPルームで、美里はソファにかけた晃の前に膝《ひざ》をつき、下腹部に顔を埋《うず》めて晃自身を口に咥《くわ》えていた。

フェラチオをするのは二度目だ。互いに服を脱がせ合ったあと、自《みずか》ら仕かけてみたけれど、いきり立った晃を喉奥まで含《ふく》むのは思ったより難しくて、何度もむせそうになる。

晃が愉悦《ゆえつ》の吐息《といき》を洩《も》らして、囁くように言う。

「……ああ、いい。とても気持ちがいいですよ、美里さん。でも無理しないで。あまり奥まで含むと、息が苦しいでしょう？」

そう言われても、何故だか気持ちばかりが昂《たか》ぶってしまって、そんなことに気を配るような余裕もない。自分でもどうしてしまったんだろうと思うけれど、どうしてだかただひたすらにこうせずにはいられないのだ。

（でも、嫌な気分じゃ、ない……）

前のときは煽《あお》られてしたことだったし、無理やり突き込まれたりして苦しいばかりだったけれど、こうして恋人同士になって改めてしてみると、口淫《こういん》は想像していたよりもずっと甘く、うっとりとするような行為だった。口の中で大きくなった晃のボリュームを楽しみ、時折滲《にじ》み出てくる透明液を味わうたび、何だか恍惚《こうこつ》となってくる。この熱杭《ねっくい》は自分のものだと思うだけで、たまらないほどの欲情を覚えるのだ。

それを伝えるように、熱っぽい目で晃を見上げると、晃は僅《わず》かに目を細めてこちらを見返してきた。

「ふふ。そんな目をして見上げるなんて、今日のあなたはとても淫《みだ》らなんですね。前だってもう、凄く反応している……。おしゃぶりをしているだけで蜜《みつ》まで垂《た》らしてしまうなんて、本当にどうしてしまったんですか？」

晃の言葉の通り、美里自身はもうすっかり形を変えていて、その切《き》っ先《さき》からははしたなく透明液が溢《あふ》れ出している。まるで体が欲望の塊《かたまり》になってしまったみたいだ。やはり口淫という行為自体に、体を昂ぶらせていくものがあるのだろう。

でも、今日に限ってはそればかりじゃないと、自分でも分かっている。

（だって晃は、俺の恋人だから。俺だけの、パートナーだから……！）

そんな、自分でも抑えられないくらい強い気持ちがこの身の内から起こってくるのは、きっと晃と透とのやり取りを聞いてしまったせいだろう。透への嫉妬《しっと》や対抗心が、体の奥に灯された淫らな欲情の火を煽って、強く激しく燃え上がらせているのかもしれない。

自分にそんな激情的なところがあるなんて、今の今まで知らなかったけれど、そう自覚してしまったら、もうどうにも抑えようがなかった。

身悶《みもだ》えしてしまいそうなほどに晃が欲しくて、晃を口に咥えたまま半分涙目で見上げると、晃が察したように頷いた。

「……分かりましたよ、美里さん。あなたが欲しいものをちゃんとあげますから、このままこちらへ上がって。後ろを馴《な》らさないと、繋がれませんよ？」

晃が優しく促したから、晃をしゃぶったまま体をずらし、ソファの上に乗って膝をついた。晃の指先が狭間《はざま》に這《は》わされ、指の腹で優しく後孔《こうこう》の皺《しわ》を撫《な》でられて、ぶるっと双丘が震えてしまう。

柔襞《やわひだ》を解《ほど》くようにくるくると指でなぞり回しながら、晃が嬉しそうに笑う。

「おやおや……。美里さんのここ、もうほんの少しほころんでいますよ？　私を舐めているだけでここまで体が反応するなんて、そんなにも私が欲しかったんですか？」

驚きに満ちた晃の声に、頭がカッと熱くなる。

さすがにそんなことになっているなんて思わなかったから、自分の体が信じられない。

これでは本当に色情狂みたいじゃないか。

そう思い、内心焦《あせ》っていると、晃がテーブルのほうへ手を伸ばした。

そこには、まだもう少し飲みたいからと晃が運んできた、水割りのセットが載ったトレイがあった。そこからステンレス製のマドラーを取り上げて、晃が悪戯《いたずら》っぽい声で言う。

「本当に美里さんはいやらしいですねえ。ほら、こんなのだって咥えられそうですよ？」

晃の言葉に、一瞬頭を捻《ひね》る。

けれどすぐに、マドラーの先端に直径一センチ強の金属の球がついていたのを思い出す。

咥えるって、まさか――――？

「ん、んっ！」

窄《すぼ》まりに球を押し当てられ、くぷっと後ろに沈められて、喉奥で悲鳴を上げた。その冷たさと行為のアブノーマルさに背筋が震えてしまう。

「ふふ。入りましたね、するっと。まだ何の準備もしていないのに」

「うう、んっ」

くるりと中を搔《か》き混ぜてから、すっとマドラーを引き抜かれ、ビクンと腰が躍《おど》った。挿《い》れられるよりも、球をポンと引き抜かれるときのほうが刺激が強い。晃がクスリと笑う。

「おや、これがいいのですか？　美里さんのここ、ピクピクしていますよ？」

「ん、んふっ、うぅ、ンっ！」

晃が楽しげに球を後孔に出し入れしてきたから、腰がビクビクと震えてしまう。球がくぽくぽと窄まりを抜ける感覚がたまらなく卑猥《ひわい》で、悶絶《もんぜつ》してしまいそうだ。それだけで美里自身からはまた透明な愛液が滴《したた》って、糸を作ってソファの上へと落ちていく。

「凄く気持ちよさそうですね、美里さん。ここはどうです？」

「ふ、ぅんっ……！」

マドラーを内腔前壁《ないくうぜんへき》に沿《そ》って中ほどまで挿れられ、淫らな声が洩れた。

硬い金属の球が内壁をかすめる感覚は、指や欲望でなぞられるのとはまた違ったものだ。柄《え》が細いせいかすがるものがない感じだし、晃がほんの少し手元を繰《あやつ》るだけで中の球が大きく跳ねるから、予想外の刺激に過敏に反応してしまう。弱味をトンと突かれたら、それだけで達《い》ってしまいそうになった。

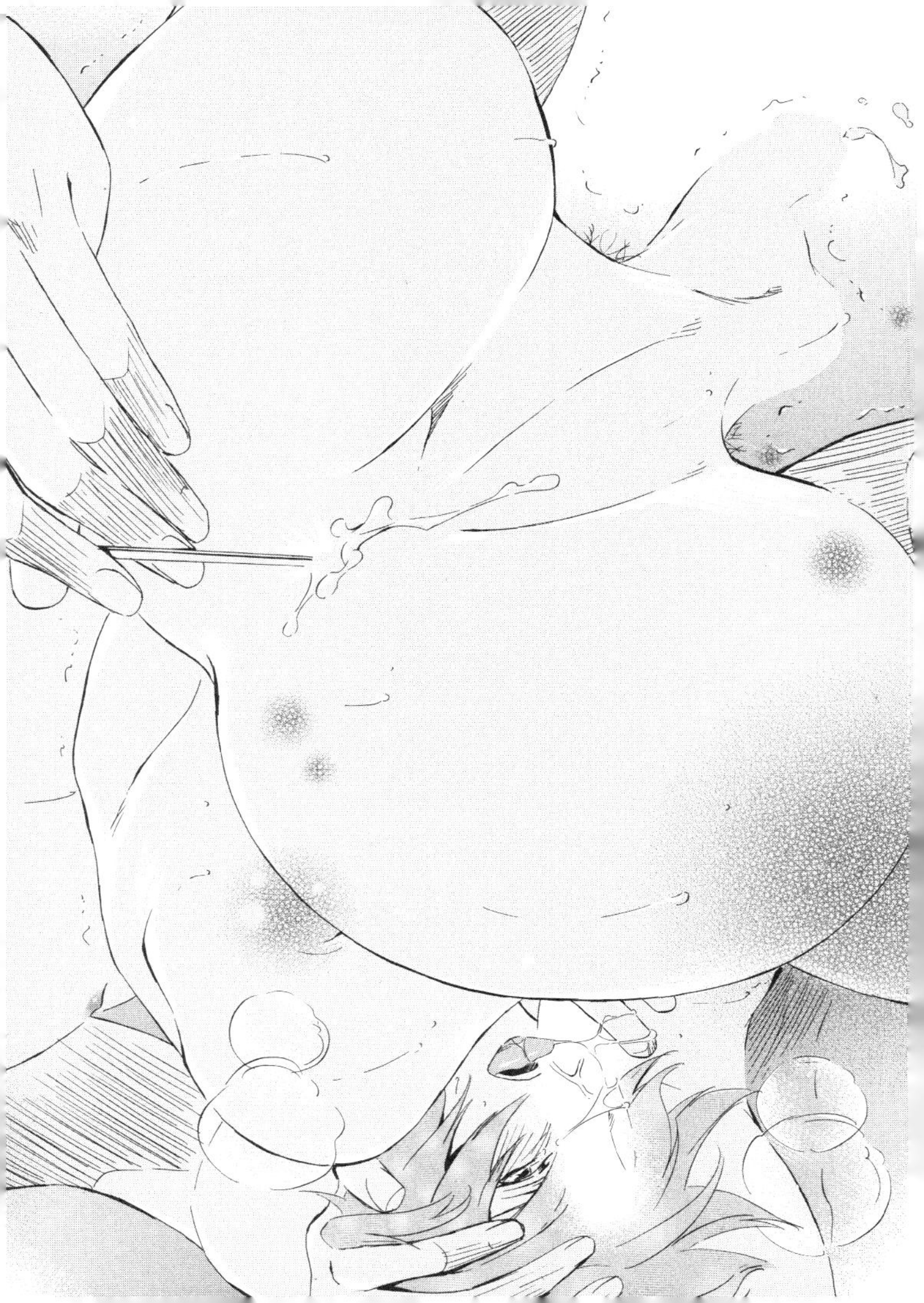

淫靡《いんび》な感触に中を蕩かされ、双丘を震わせる美里に、晃が甘い声で命じる。

「ねえ、美里さん。お口はそのままで、お尻を振ってみせて」

「んんッ？」

「あなたの可愛い姿を、もっとたくさん見たいんです。いいでしょう？」

甘えたような声でねだられて、うろたえてしまう。

もうすでにこんなにはしたなく興奮してしまっているのに、更にそんな恥ずかしいことをさせられたら、どうにかなってしまいそうだ。たまらず口を離そうとするけれど、さっと頭を押さえられてしまったから、そうすることもできなくなる。

晃がもう一度、命じるように言う。

「して、美里。もっと淫らに乱れて、私を煽って。私だけのあなただって、私にちゃんと教えて下さいよ……！」

（あき、ら……？）

傲慢《ごうまん》だけれど、どこか切《せつ》なく哀願《あいがん》するような晃の声音。

そんなふうに言われるなんて思わなかったから、何だかちょっと驚いてしまう。全然そうは見えないけれど、もしかしたら晃も、二人の付き合いに不安を覚えたりすることがあるのだろうか。こうして甘く抱き合って互いの想いを確かめ合い、安心したいと思ったりするのだろうか。ちょうど今夜の美里と同じように――――？

だったら、してもいい。どんな恥ずかしい姿だって、晃にならいい見せてもいい。

そんなめくるめくような想いに駆られ、美里は口唇を絞って頭を動かしながら、腰を緩やかに揺らし始めた。

晃が喘《あえ》ぐような吐息を洩らし、美里の頭を押さえたまま僅かに腰を使い始める。

「ん、ふっ、うぅ、うっ……！」

喉奥まで突き上がってくる、晃の剛直《ごうちょく》。

その質量に苦しむけれど、腰を揺するタイミングに合わせるようにマドラーで中を優しく掻き混ぜられ、甘美《かんび》な快感に震え上がってしまう。

後ろを窄《すぼ》め、球が抜け落ちないようギリギリのところで保ちながら腰を振っていたら、内筒《ないとう》が放埓《ほうらつ》の兆《きざ》しにざわめき始めた。

微かに呼吸を乱しながら、晃が笑う。

「ああ、美里さんの孔、ヒクヒクしてる。そんなにもこれが、気持ちいいんですか？」

「ん、ん……！」

「私も凄く感じていますよ。ちょっともう、こらえ切れないかもしれない……！」

晃の余裕のない様子に、少しばかり焦ってしまう。口腔《こうくう》で精液を受けとめたことなどなかったから、急に不安になってくる。

だが、徐々に大きく乱れていく晃の吐息に、何故だかひどく官能を刺激された。晃のものなら飲んでみてもいいと、そんな気持ちになってくる。

放ってもいいと伝える代わりに、美里は口内の晃を頬を窄めて吸い上げた。

晃が僅かに身を強張《こわば》らせる。

「美里さん、そんなに、したら……！　出しても、いいのですか？」

ためらうように訊かれたから、首を振ってイエスと答えると、晃がふっと息を詰めた。

「じゃあ、出しますよ？　あなたも一緒に、達って……！」

晃が言って、マドラーの球で弱味をクニュクニュとなぞってくる。

絶頂の波が、ざわりと美里の背筋を駆け上がる。

「ん、くっ、ふううぅっ！」

双丘を震わせて美里が極めた瞬間、喉奥に灼熱《しゃくねつ》がほとばしった。晃が小さく呻《うめ》きながら、身を震わせて何度も己《おのれ》を放つ。

「あ、ふ……、っ、ほ、ごほっ、ごほッ」

焦って飲み下そうとしたけれど、青い匂いと苦味とでむせ込んでしまう。飲み込めなかった蜜液が口唇から洩れ、晃のヘアを濡らしていく。

自身を美里の口腔から引き抜きながら、晃がすまなそうに言う。

「……ああ、すみません……、不味《まず》かったですよね？　腰も、大丈夫ですか？」

「んん、平気だ、けど、っ……！」

こちらも放出は終わっていたけれど、後ろは放埒の余韻《よいん》でまだ収縮し続けている。晃にマドラーを引き抜かれたら、また小さく極めそうになった。

晃がふっと笑みを洩らす。

「中、蕩けているみたいですね。味わわせて」

晃が言って、美里の弛緩《しかん》した体を抱き寄せる。晃の腰を跨《また》ぐような格好で抱き上げられ、よろよろと晃の肩に手を置いた。

絶頂の高みから降りられぬまま、まだ力を失っていない晃自身の上に座らされ、その重量感に吐息が洩れる。ゆっくりと体を押し開かれたら、また内筒が震え始めて――。

「んんっ、はあっ、あぁっ、ぁっ――――！」

奥まで貫《つらぬ》かれただけでまた絶頂を極め、美里の体が痙攣《けいれん》したように震える。

続けざまの絶頂の激しさに、気を失いそうになっている美里に、晃が嬉しそうに言う。

「ふふ、また達ったんですか？　中がうねって、私に絡《から》みついてきますよ？」

「ん、ふ、だっ、だってっ、おまえの、気持ちぃ、からっ……！」

まなじりを濡らしながら、舌足らずな声でそう言うと、晃は満足そうな表情でこちらを見返してきた。美里の口の端《はし》を伝う白濁《はくだく》まみれの唾液《だえき》をぺろりと舌で舐め取って、濡れた声で言う。

「嬉しいことを言ってくれますねえ、あなたは。そんなにも、私のこれが好きなんですか？」

「う、ん……」

「上のお口も下のお口も、トロトロにしてしまうほどに？」

「……ん、好、きっ……。おまえの、だから……、おまえ、だからっ……！」

もう自分でも何を言っているのか分からないほどに、頭がドロドロに蕩け切ってしまっていたけれど、潤んだ声でそんなふうに答えて、晃の体にしがみつく。

「あき、ら、してくれよ、晃っ、もっとっ……、もっと俺を、気持ちよく、してっ……！」

「分かってますよ、美里さん。もっと気持ちよくしてあげます。もっとたくさん、私で感じて」

淫靡な声でそう言って、晃がじわりと腰を使い始める。緩やかだが深く力強い抽挿《ちゅうそう》に、全身がさあっと煽り立てられる。

「あん、ぃい、晃っ、晃あぁ……！」

色ボケでも色情狂でも、もう何でもいい。

今はただ、晃を感じたい。晃と一つになっていたい。誰よりも好きな、ただ一人の恋人と――。

まるでそれだけが唯一確かなことでもあるかのように、美里はどこまでも晃に溺れていった。


それから、数時間後のこと。

行為の後始末をしたあと、タクシーを呼んでから店を閉め、二人で外に出てみると、アスファルトが少し濡れていた。どうやら雨が降っていたようだ。

「おや、ちょうどいい雨宿りになりましたね、美里さん」

「……ん？　んー……、まあ、そう、かな」

「タクシー、すぐ来るといいのですが。すっかり遅くなってしまいましたからねえ」

晃が苦笑気味に言って、通りを眺める。さっきまであんなに激しく抱き合っていたのに、まるで他人事みたいな口調だ。その平静な様子に逆に自分の痴態《ちたい》をことさらありありと思い出してしまって、美里は内心恥じ入っていた。

（……つうか、結局俺って、恋愛慣れしてねえってことだよなぁ）

夕方のバックヤードでのやり取りを聞いて、もしかしたらなんて思ってしまったけれど、こうして抱き合ってみれば、晃を少しでも疑ったこと自体が信じられない気分だ。

よくよく思い返してみれば、晃が透に見せた笑顔には恋情の熱が感じられなかったし、きみを大事に思ってるだとかその程度のリップサービスなら、ホストなら普段から客にだってしている。恋人とほんの少しすれ違ったくらいであらぬ疑いを抱いた自分が、何だかちょっと情けない。

きっと透の言ったパートナーという言葉も、仕事をする上でのパートナーだとか、そんな程度の意味なのだろう。こちらは恋人という、いわば人生のパートナーなのだ。何も気にすることなんかないじゃないかと、そんなふうにも思えてくる。

（でも、晃とはそれだけじゃねえし）

ホストとしては、美里にもプロの自負がある。

社長である晃とは恋人としてだけでなく仕事の面でもきちんとやっていきたいし、それは自分にとっては、むしろ譲《ゆず》れないところだと思う。素人の学生風情《ふぜい》に「自分のほうがパートナーとしてふさわしい」なんて言われたことは、やはりかなり引っかかるところだ。

だがいわゆるビジネスパートナーとして、今の自分に透に勝《まさ》る何があるんだと言われれば、正直ちょっと自信がない。そもそも透は創業家の御曹司だし、頭の切れ具合から言っても、彼のほうが明らかに晃に近い位置にいるのは否定し切れないところだ。その辺、晃はどう思ってるんだろう――――。

そんなことを思って、どこか片づかない気持ちでタクシーを待っている美里に、晃が不意に言葉をかけてきた。

「そうそう、美里さん。ちょっとお伝えしておきたいことがあるのですが」

「……ん？　何？」

「まだオフレコなのですが、実は『セブンスヘブン』は、今度二号店を出すことになっているんです。六本木に」

「え、六本木っ？　マジでっ？」

「ええ。ただ、まだちょっと出店交渉で難航《なんこう》しているところがありまして。私は明日から、半月ほどそちらの仕事に専従《せんじゅう》しなければなりません。だからしばらく店には来られませんし、あなたとこうしてゆっくり時間を過ごすこともできませんけど……、その間、お店のことを頼みますね？」

「お、おう、分かった。まかせとけ！」

「頼もしいですね。一応蒲田さんには話してありますが、透を置いていきますので、何か判断に迷うことがあったら彼に相談して下さい」

「……え、透に？」

「はい。ひと通りのことはもう教えてありますから、私の代理くらいは務まるはずです」

さらりと言われて、何だか納得いかない気分になる。店長と話し合って決めろとか言うならともかく、透に相談しろだなんて、一体どういうつもりで言っているのだろう。

黙ってしまった美里に、晃がやや見当違いなことを訊いてくる。

「……おや、どうしたんです美里さん、そんなふうに黙ってしまって？　もしかして、私に逢えなくて寂しいんですか？」

「なっ、ち、ちげーよバカ！　店を預かるみてえで責任重大だなって思っただけ！」

「ふふ、強がっちゃって。今日なんか体中が啼《な》いてたじゃないですか。寂しかったよぉ～って」

「なっ、何言ってんだッ、ンなわけが……！　てか、タクシー来たし！　店のことはちゃんとやっとくから、おまえも交渉、頑張れよなっ！」

頬を染めながら言って、目の前にやってきたタクシーに乗り込む。

運転手に行き先を告げると、車はすっと動き出した。こちらに手を振っている晃の姿が、バックミラーの中で遠ざかっていく。

美里はふうっとため息をついて、背もたれにもたれかかった。

（……ちげーよ、バーカ……）

半月も逢えないのは、もちろんとても寂しい。

でも本当に寂しかったのは、あの二人と自分との間に、また隔《へだ》たりを感じてしまったことだ。結局美里は一従業員だと、そんなふうに思われているみたいな気がして、何だかちょっと凹《へこ》んでしまう。

でも、晃に店を頼むと言われたのだ。明日からしっかり頑張らなければ。

美里はそう思いながら、流れていく歌舞伎町のネオンを眺めていた。

翌日から、晃は店には出てこなかった。

もちろん最近は毎日いるわけではなかったから、店の通常業務にさほど変化があったわけではない。透が店長を差し置いてしゃしゃり出てくるようなこともなかったから、一応平穏《へいおん》に毎日が過ぎていた。

そんなある夜のこと。

「シャンパン頂きましたあ！　ありがとうございまあ～す！」

「ありがとうございまあ～す！」

今日は月末最後の金曜日だ。どうやら今月も美里のトップは安泰《あんたい》のようだが、毎月この時期になると馴染《なじ》みの指名客ばかりか最近本指名を入れてくれた子までが、美里を後押しするかのように高級シャンパンを入れてくれる。自分は本当にいいお客さんに恵まれているなあと、つくづく思う。

「ねえ美紗斗～？　最近、ちょっと気になってることがあるんだけど～」

シャンパンコールの支度を待つ間、ボトルを入れてくれた馴染み客のリカちゃんが、耳打ちするように話しかけてきた。

「ん？　なーにリカちゃん？」

「あのさ～、晃代表ってえ、もしかして独立しちゃったりするのお？」

「えー？　何でそう思うの？」

「あたしの友達が一昨日《おととい》～、ミッドタウンの近くのテナントビルで、晃代表のこと見かけたんだってえ。最近あんまりお店に出てきてないしぃ、もしかしてそうなのかなあって」

「友達」というのは、この場合大体リカちゃん本人のことで、目撃情報が出るのも、社長令嬢のリカちゃんが都内のあちこちのホストクラブで遊んでいるからなのだが、一応新店舗の件はオフレコだ。美里は素知《そし》らぬふりをして出まかせを言った。

「あー、何だかねえ。代表、六本木に行きつけのバーがあるらしいんだよ。財務省時代の知り合いがバーテンやってるとかでねえ。誰にも教えてくれないんだけど、たぶんそこに行ったんじゃないかなあ？」

「ああー、何だそっか～。良かったあ。美紗斗、もしかしたらついてっちゃうんじゃないかって思って、ちょっと心配してたんだ～。だってあたし、この店好きだしい」

「うお、リカちゃんにそう言ってもらえるなんて嬉しいなあ！」

「それに六本木のあの辺てえ、最近ちょっとギャングみたいなのがドンパチやってたりして、なんか治安悪いし～。やっぱり歌舞伎町が一番楽しいよお。何たってほら、街を挙《あ》げてのジョーカ作戦？　のおかげでクリーンだしぃ」

「はは。まあちょっと、大人しくなりすぎちゃった気もするけどねえ」

（……ギャング、か）

確かに、そんな噂を聞いたことはある。ときにはテレビや新聞をにぎわすような事件が起こったりもするから、何となく晃のことが心配になってくる。

もちろん、どれも暴力団とのいざこざめいた事件だし、リアルに身の危険が迫るようなことも、たぶんないだろうとは思うけれど。

「でも、俺もこの街好きだしさ。リカちゃんみたいに優しくって可愛い子が通ってきてくれるんだから、働いててすっげえ楽しいし。ホント、いつもありがとねえ！」

至って営業トーク的なセリフだが、それは美里の素直な気持ちでもある。

リカちゃんが破顔一笑《はがんいっしょう》して言う。

「うふ〜。美紗斗ってホント大好き！　フルーツ盛り合わせもお願いしちゃおっかな！」

「おお！　ありがと〜！　あ、シャンパンＯＫ？　よーし、そんじゃシャンパンコール行きますかあ！」

気合を入れて言って、立ち上がる。

とにかく今は目の前の仕事だ。美里は自らマイクを取って、本日五回目のコールをするため口を開いた。

それから二時間ほど後のこと。

したたか酔っぱらったリカちゃんがご機嫌で帰ったあと、少し時間に余裕ができたので、美里はバックヤードに引っ込んで何げなく携帯を開いてみた。

着信の履歴を見て、ハッとする。

「……あれ、陽菜？」

もう夜の十一時半だ。病院はとっくに消灯している時間なのに、陽菜からの着信はほんの三十分ほど前になっている。慌てて非常口の扉を抜け、非常階段の踊り場まで上がって、美里は陽菜に電話をかけた。

ツーコールほどで、陽菜が電話に出た。

『……お兄ちゃん？』

「ああ、俺だよ。陽菜、どうかした？」

『うん、別に、何でもないんだけど……』

そう言うけれど、陽菜の声は何だかかすれている。泣いていたんじゃないだろうか。

「陽菜、大丈夫？　もしかして、心細くなっちゃったの？」

『……う、ん……』

手術が決まってから、陽菜はときどきめそめそと泣いてしまうことがある。きっと色々と不安を感じているんだろうと、木村先生が言っていた。できるだけ傍《そば》にいてやりたいけれど、晃に留守を頼むと言われているし、店を休むわけにもいかないのだが。

（でも、俺がいてやんなきゃだよな！）

陽菜には、兄である自分しかいないのだから。そう思い、美里は明るい声で言った。

「……そっか、もうすぐ手術だもんな。じゃあさ、明日仕事の前にそっちに寄るよ」

『ホント？』

「うん。ちょっと出勤時間を遅らせれば、陽菜とゆっくりできるしさ。な？」

『……うん。分かった……』

陽菜の声にいつもの感じが戻る。ほんの少しためらう様子を見せてから、陽菜が続ける。

『それで、ね？　お兄ちゃん……』

「ん？」

『堂本さんて、まだお忙しいのかなぁ？』

「晃？　うーん、そうだなー。何で？」

『あのね……。できたら手術する前に、堂本さんのバイオリンが聴きたいなって思うの』

「あー……、そうかぁ……」

美里は楽器をやらないので正直よくは分からないが、陽菜いわく晃のバイオリンは「神」なのだそうだ。プロ並みの腕前というだけあって、確かに素人の美里が聴いても上手いと思うし、陽菜も聴くだけですっごく前向きになれるの、なんて言って晃の演奏を楽しみにしているくらいだから、手術の前に聴きたいというのは分からないではない。

忙しいだろうけど、何とか晃に頼み込んでみようか。

「……よし、分かった。手術の前に一度晃を連れてってやるよ。陽菜の頼みなら、きっと忙しくても聞いてくれるさ」

『やったあ！　お兄ちゃん、ありがとう！』

心底嬉しそうな声に、こちらも笑みが浮かぶ。もしかして陽菜は、これが言いたくて電話してきたのだろうか。でも陽菜が元気になってくれるなら、どんなことでもしてやりたい気分だ。

「さあて、じゃあ今日はもう寝な。いつまでも起きてると、先生に怒られちゃうよ？」

『うん、分かった。じゃあおやすみ、お兄ちゃん』

「おやすみ、陽菜」

優しく言って、陽菜が通話を切ったのを確かめてから、美里も携帯を閉じる。

とりあえず、何ともなくてよかった。明日は午後一で病院へ行こう。晃にはあとでお疲れメールでも打って、少し話せたらバイオリンの件もお願いしてみることにしよう。今日はなるべく早く寝て――――。

踊り場に立ったまま、そんなことを考えていると、不意に非常口の扉のほうから小さな咳払いが聞こえてきた。驚いて振り向くと、そこには透が立っていた。

まずいところを見られた。また何かイヤミでも言われるだろうか。

そう思って、警戒しながら透を見返すと、透が静かに問いかけてきた。

「……ひな、というのは、妹さんのお名前ですか？」

「え……、あ、ああ、そうだよ。でも、何で知って……？」

「兄から少々。病気で長期入院中とだけ。あなたも、大変なのですね」

透がそんなふうに言うなんて思わなかったから、何となく奇異《きい》の念に打たれる。てっきり職務怠慢《たいまん》だと責められたりするんだろうと思ったのに。

(何だ、少しは人情味があるんじゃないか……)

美里も昔は突っ張っていたけれど、晃が気遣ってくれるようになってから、誰かに労《ろう》をねぎらわれるのはそれほど嫌なことではなくなった。少々気を許して、美里は言った。

「もうすぐ手術なんだよ。で、ちょっとブルーになってるみたいで」

「兄を連れていく、というのは？」

「ああ、陽菜はバイオリンを習ってるんだ。晃はときどきバイオリンを弾いてくれたり、教えてくれたりもしてて……。陽菜も、それを楽しみにしてるんだよ」

そう言うと、透は得心《とくしん》したように言った。

「……なるほど、そうですか。つまり兄とあなたとは、もう妹さんも公認の仲だというわけですね？」

「はっ……？」

思いがけぬ言葉に、一瞬呆気《あつけ》に取られてしまう。透が微かに眉根を寄せて続ける。

「別に、誤魔化そうとしなくてもいいですよ。兄とあなたが恋人同士だということは、僕もう知っていますから。この前店の中で、とても破廉恥《はれんち》なことをしていたでしょう？」

「――――――！」

淡々《たんたん》としていながらも棘《とげ》のある言い方に、かあっとこめかみが熱くなる。まさかあのときの痴態を、透に見られていたのだろうか。

あまりのことに言葉を失ってしまった美里に、透が呆れたように言う。

「全く、無防備ですよね、兄もあなたも。まあでも、僕は別に兄の性指向にも好みにも口出しする気はありません。たとえどんな相手と付き合っていようが、それは兄の自由ですから。でも今の状況は、どうにも頂けませんね」

透が言って、美里のスーツをちらりと見やる。

「そのスーツ、兄の見立てなのでしょう？」

「は……？　あ、ああ、そうだけ、ど……？」

今日着てきたのは、晃にプレゼントされたあのスーツだ。透と初めて出会った晩にも着ていたものだが、いきなり話が飛んでしまったからちょっと困惑してしまう。

非難めいた口調で、透が言う。

「七ケタ近いブランドもののスーツに、妹さんへのバイオリン指南《しなん》。それに聞くところによると、兄はあなたのために債務整理専門の弁護士まで雇ったそうじゃないですか。恋人だからって、ちょっと兄に甘えすぎなんじゃないですか？」

「な、何だとっ？」

「知っての通り、兄は非常に優秀な人間です。今はホストとしての仕事も続けていますが、いずれは僕と一緒にヘブン＆シー・グループのトップに立って、経営に専念することになるでしょう。対してあなたは、店に雇われている一ホストにすぎません。ですからこれからは、もう少し分《ぶ》をわきまえてくれないと困ります」

「……なっ！」

露骨にホストを見下《みくだ》した言葉にカッとなる。それにその言い方では、まるで美里が恋人の地位を利用してたかってるみたいじゃないか。

晃にはいろいろと話しているが、陽菜や親の残した借金の件でこちらから晃に寄りかかったことなんてないし、当然ながら仕事には誇《ほこ》りを持って取り組んでいる。透にそんなふうに侮辱《ぶじょく》されるいわれはない。

「てめえ、ふざけんな！　俺は晃に何も甘えたりしてねえよっ！　あいつの負担になるようなことは一切《いっさい》してねえし、仕事だってプライド持ってやってんだ！　学生の分際《ぶんざい》で、分かったようなこと言うんじゃねえ！」

「ほう、逆ギレですか。まあそれもいいですが、自分が守られていることすらも知らないくせに、よくそんなことを言えますね」

「……何、だって？」

「一つお訊きしますが、あなたは兄が今経営者として抱えている問題や悩みを、きちんと把握しているのですか？　店では、あなたは一応『幹部』の肩書をお持ちのはずですが」

そう訊かれて、言葉に詰まってしまう。

ホストの業界では、そうした肩書はどちらかというとホスト同士の序列を明確にしたりするためのものだ。表向き『代表』と呼ばれている晃が現実に店の社長だというのは割と珍しいケースで、肩書は店の経営に関してはあまり実効性を伴《ともな》わないことが多い。晃が経営者として抱える問題、と言われても、見当もつかない。

（悩みって、一体……？）

晃から、新規出店の仕事に専従するため店を離れる、というのは聞いた。だが、何か悩みを抱えているとまでは言われなかったから、ひょっとして何か大変な仕事に向き合っているんじゃないかと、急に晃のことが心配になってくる。

それを見透かしたように、透が冷たい目でこちらを見据える。

「どうやらご存じないみたいですね。繰り返すようですが、あなたは店に雇われた一従業員にすぎません。別に恋愛は個人の自由だと思いますけど、公私混同するような真似は、今後は控えてもらいたいですね」

ピシャリと言って、透がこちらに背を向ける。

美里は取り残されたような思いで、フロアへと戻っていく透の背を見ていた。


「あー、クソ！　マジでヘコんだし！」

その夜、早々に帰宅してひと風呂浴びたあと、美里はテレビの深夜番組を眺めながらぼやいていた。

立場の違いを透の口から知らしめられた今日は、二人が恋愛感情を抱き合っているんじゃないかなんて疑った日より、ずっと大きなショックを受けた気がする。確かに自分は、誰よりも傍にいるはずなのに、社長としての晃の悩みも仕事の大変さもちゃんとは知らない。もちろん晃があまりそういうことを話さないから、というのもあるけれど。

(てか、守られてるって何だよ……？)

よく意味が分からなかったが、少なくとも透は、それがどういうことを意味しているのかちゃんと分かっているのだろう。晃が美里にはそれを話さず、透には話しているのは、もしかしたら美里に話してもしょうがないと思ってるからなんだろうか。

透と違って学もない一ホストの自分を、晃がビジネスのパートナーとして信頼していないのだとしたら、それはやっぱり哀しいことだ。たとえ恋人として、どれだけ深い愛情を注がれているとしても――――。

考えると、ますます落ち込む。でも明日は病院へ行くのだし、今日はもう寝ないと。

そう思い、蒲団《ふとん》を敷くために立ち上がろうとしたら、突然美里の携帯が鳴った。

「……あれ……、晃？」

もう夜も遅いというのに、一体どうしたんだろう。慌てて電話に出てみる。

「もしもし？　晃っ？」

『ああ、起きてましたか。こんばんは、美里さん』

「……はあ？　こんばんはじゃねえよ。何だよ、こんな時間に？」

『いえ、別に……。ただちょっと、あなたの声が聞きたくなって』

いつもよりも少し甘ったるい、晃の声。晃がそんなふうに言うのは珍しい。わざわざ電話してきてくれたんだと、ドキドキしてしまう。

でも、今日は何となく素直になれない。ほんの少しツンとした声で、美里は言った。

「……んだよ。何かあったのかと思ったじゃねーか。ったく、寂しがりなのはどっちだっつーの！」

この前からかわれたことを思い出しながら言うと、晃はクスクスと笑った。

『ふふ、本当にそうですねえ。ときに美里さん。今日はもうご自宅なんですか？』

「まーな。つか、おまえ忙しいんだろ？　さっさと寝なくて大丈夫なのかよ？」

『そう思ったのですが、ちょうど新店舗の内装工事が一段落ついたもので、美里さんに一番にお見せしたいなと……。よかったら、今から出てきませんか？』

「……え、今からっ？」

『はい。今なら私しかいません。二人きりになれますよ？』

甘やかな含みのある晃の声音に、図らずも胸が高鳴ってしまう。

明日は陽菜の見舞いに行くのだし、こちらこそさっさと寝るべきなのだけれど、逢いたい気持ちと何やら不埒《ふらち》な期待とに、先ほどまでのへコんだ気持ちが吹き飛ぶほどに、ワクワクしてしまって――。

「しょ、しょーがねーな、行ってやんよ！　けど、タクシー代はおまえが持てよっ？」

はやる気持ちを抑《おさ》えながらそう言って、ぴょんと立ち上がる。着替える時間ももどかしい思いで、美里はタンスの引き出しを開けた。

「……おー、凄えっ！　カッコいいなあ！」

「そう言ってもらえると嬉しいですよ。ああ、そこ、段差になってますから気をつけて歩いて下さいね」

「ああ、うん……。うわ、ソファは黒か！　イカしてんなぁ～」

新店舗は、六本木の一等地にある、飲食店がひしめくテナントビルの四階にあった。

白が基調の明るく軽快な内装の『セブンスヘブン』とは異なり、こちらは黒とゴールドが基本カラーのなかなか重厚な雰囲気の店だ。美里は髪は洗いざらし、服装もパーカーにデニムにスニーカーという、至ってラフな普段着姿でやってきたから、まるで異世界にでも迷い込んだみたいな気分だ。

「へえー。随分雰囲気違うなあ。やっぱり街が違うからか？」

「ええ。近隣《きんりん》の飲食店の客層やら人の動きやら、この街のことをかなり綿密《めんみつ》に調べた結果、リッチで大人っぽい感じになりました」

「そっかあ。うん、でもホント、カッコいいよ。オープンはいつなんだ？」

「再来月の下旬くらいになると思います」

「え、もうそんななんだ？　じゃあそろそろ、ホストの募集とかかけねえとだよな。おお、こっちも豪華だなあ！」

フロアを通り抜けて店の奥まで行くと、ＶＩＰ向けと思《おぼ》しき仕切られた一角があって、そこには大きなシャンデリアと鏡張りの壁、それに豪奢《ごうしゃ》な黒革張りのソファがあった。

「いいね。こういうとこで働いたら楽しそうだな」

「そう思います？」

「うん。ホントにお世辞抜きで、そう思うよ」

明るく言うと、晃が軽い口調で返してきた。

「でしたら、少し働いてみますか。ここで『代表』として？」

「え、俺が？」

「ええ。あなたには、長く『セブンスヘブン』のナンバーワンを張ってきた経験とノウハウがあります。知らない街の新店舗でそれを一から活《い》かしてみるというのも、あなたの今後のキャリアにとってプラスになるかもしれませんよ？」

「晃……」

思ってもみなかった提案に、晃の顔を凝視する。そんなふうに言われるなんて、ちょっと驚きだ。

でも、新しい店を一から作り上げていくというのはそれなりに楽しいことだろう。いっとき違う街の違う客層の店で働くというのも、確かに今後のためになるかもしれないけれど。

「で、でも晃、俺歌舞伎町しか知らないし、俺ってここの店の雰囲気とは、ちょっとズレてる気がするけど？」

「そんなことはないですよ。あなたみたいに明るくて真っ直ぐなタイプのホストは、どこででもトップを獲れると思います。この前、透ともそんな話をしていたところですよ」

「透と……？」

一応は褒められたのだとは思うけれど、透の名前を出されると何となく素直に喜べない。あの透がそんなことを言うなんて、一体――――？

（もしかして、俺を追っ払おうとしてるのかっ？）

恋愛は自由だとか言いつつ、透はやはり美里のことが邪魔なんじゃないだろうか。だからそんなことを言って、美里を晃から遠ざけようとしているのかも。

そんなふうに思うと、ここで即答したりしないほうがいいような気がしてくる。美里はさりげなく晃から視線を外した。

「うーん、そうだなあ……。それは確かにそうかもしれないけど、ちょっといきなりで、何て言っていいんだか……」

また店内を眺めるふりをしながら言って、考えながら続ける。

「つうか俺、今まで店を替わったこととかないんで、いきなり新店舗で働くかって言われても……、うわあっ――――！」

適当に言い訳をしつつ、また店の内装を見ながらフロアを歩いていたら、さっき段差に気をつけろと言われていたところで見事につまずいてしまった。

倒れ込みそうになった美里の腕を、晃がさっとつかんで引き寄せる。美里の肩を抱き支えて、晃が気遣うように言う。

「……美里さん、大丈夫ですか？　足を挫《くじ》いたりは？」

「だ、大丈夫」

「よかった……。やっぱりこの段差、なくしたほうがいいですかねえ。お客様とこんなことになるようだと、ちょっと困りますし」

「う、うーん、そうかも、なぁ……」

転んでしまった気恥ずかしさもあって、そっけなく言って体を離そうとした瞬間。

「あ……！」

晃にぐっと体を抱き寄せられて、ドキッとしてしまった。美里の洗いざらしのぺしゃんこな頭に、晃が鼻先を押しつけて、すうっと息を吸い込む。

「……ふふ。美里さんのおうちの、シャンプーの香りがする。私の大好きな香りだ」

「え、そ、そう？　でも、安物だぜ？」

「そんなの関係ありませんよ。あなたの香りなんですから」

晃が言って、うっとりとした声で続ける。

「嬉しいな。美里さん、もうお風呂まで入っていたのに、わざわざ来てくれたんですね？」

「……えっ、だ、だって、おまえが来いって言うから……！　っぁ……！」

耳朶《じだ》にキスされ、優しく口唇で食《は》まれて、ピクリと感じてしまう。そのまま首筋のほうまで口づけられて、小さく吐息が洩れた。

ほんの微かな肌の触れ合い。

なのに、晃に触れられる快感に、今にも体が蕩けてしまいそうだ。濡れた目をして晃の顔を見上げると、晃もこちらを見返してきた。

どちらからともなく目を閉じて、そっとキスを交わす。

「……ん、ン……」

くすぐったいような、温かく穏やかなキス。それだけで互いへの恋情を感じて、胸が甘くときめく。もっと触れ合いたい、抱き合いたいと、身も心も疼いてしまう。

けれど今夜は、情欲とは別の想いも美里の胸に湧き上がってきた。ただ触れ合いたいというだけでなく、晃ともっと分かり合いたい、信頼し合いたいというような気持ちに、強く心を捉えられているのだ。

（晃とはこういうことだけじゃないんだって、ちゃんと思ってたいんだ、俺は）

――恋愛でも仕事でも、晃にとって一番の存在でいたい。

そんな想いを抱きながら、ゆっくりと口唇を離す。優しくこちらを見つめる晃の瞳を真っ直ぐに見返して、美里は言った。

「……なあ、晃」

「何です？」

「おまえ、今どんな仕事してんだ？」

「は……？」

「この前、出店交渉が難航してるとか言ってたろ。俺あんときはスルーしちまったけど、それって結構大変な仕事なんじゃないの？　もしなんか問題抱えてんなら、俺にも話して欲しいんだ。店の、仲間としてさ」

美里の言葉に、晃がほんの少し目を見開く。

仲間、というのは、以前晃が美里に言った言葉だ。関係や立場が変わった今でも、きっとそれだけは変わらないはず。そう思って口に出した言葉に、晃が双眸《そうぼう》を緩める。

「……私を気遣ってくれて、本当にありがとうございます、美里さん。でも、何も問題なんてありませんよ？」

「え、けど……」

「それに仮にあったとしても、あなたはそんなこと気にしなくていいんです。あなたは何も、心配しないで」

穏やかだけれど、どこかそれ以上踏み込めないような声音で言って、晃がすっと体を離す。それから、さりげない声で言う。

「そうだ、温かいカフェオレでも淹《い》れましょうか。インスタントだから、ちょっと味気ないですけど」

話題を変えるように言われて、言葉を失う。はぐらかされたのだと感じて、キュッと眉根を寄せてしまう。

（……何だよ……。俺には話してくれないのかよ！）

透には話しているくせに――。

そう思うと、ひどく悔しい気持ちになる。心配しないでと言われても、何だか信頼されていないみたいで哀しくもなってくる。

不甲斐《ふがい》なくもまなじりが潤《うる》みそうになったから、美里はぐっと拳を握り締めて言った。

「……いいよ、晃。俺もう帰るし」

「えっ……？」

「明日、陽菜の見舞いに行くんだ。だからもう帰って寝ないと。じゃあな！」

当惑したようなるべく感情を抑えた声で言って、さっと身を翻して出口へと向かう。

晃の呼び声をドアの向こうに閉じ込めて、美里は店を飛び出していった。

「あああ～、もうっ、バカバカカッ！　何やってんだ俺ぇ！」

店の入っているテナントビルを出て、うろうろと街の中を歩きながら、美里は自分の振る舞いに頭を抱えていた。

よく考えてみれば、何の前振りもなしにいきなり仕事のことを話せと迫ったって、たぶん晃ならああ言うのが自然だ。それなのにあんなふうに半ギレで店を飛び出してしまったら、晃は混乱するばかりじゃないか。せっかく二人きりで逢えて、いい雰囲気で話をしていたのに。

（……つーか、もしかして信頼できてないのは、俺のほうなのか……？）

透にあんなふうに言われたせいか、張り合うみたいな気持ちになっていたけれど、晃が問題ないというのなら、美里はむしろその言葉を信じるべきなんじゃないかという気もする。新店舗で働かないかという話にしても、晃が美里のことをきちんと考えて提案してくれていたのは間違いないはずなのに、ついつい余計な邪推《じゃすい》をしてしまった。

恋愛でも仕事でも、晃とちゃんとやっていきたいと思うなら、彼への信頼はもっとも基本的なところなのに、それすらも満足にできていないなんてほとんど恋人失格じゃないか。

（もっと、ちゃんとしなきゃだろ）

透という存在に、自分はちょっと振り回されすぎているのかもしれないと思う。

でも透の立ち位置や彼の考えはどうあれ、晃との関係をきちんと築けるか否《いな》かは、結局は美里自身の問題だ。今からでも店に戻って、晃とちゃんと話したほうがいいのかも——

——。

そう思い、狭い路地の真ん中で立ち止まったら、携帯のバイブが震えた。

晃からの着信。やはり、どうしたんだろうと不審に思われたのだろうか。

まずはごめんと謝ろう。そう決めて、携帯を開いたそのとき――――。

「……っ？」

背後から回ってきた手にいきなり口元を塞がれ、美里は路地の暗がりのほうへと引き込まれた。突然のことにパニックになりながら、慌てて逃げようともがいたが、何故だか徐々に体の力が抜けていく。

どうやら、薬品か何かを嗅《か》がされてしまったらしい。取り落とした携帯が道端の側溝《そっこう》の蓋の隙間に落ちていくのを見ながら、美里は気を失った。


「――――だからよお、堂本さん。俺らにもメンツってもんがあるんだよ。そこんとこ、賢明なアンタなら分かるはずだよな、あぁん？」

ぼんやり曇った意識の中に、脅しつけるような男の声が響いてくる。

聞いたことのない声だ。

でも堂本というのは、たぶん晃のことだろう。一体何がどうしたんだろう。

薄く瞼を開いてみると。そこはやたらと天井が高くて埃《ほこり》っぽい、倉庫のようなところだった。目の前には何やら柄《がら》の悪そうな若い男が二人。その片方の、ジャラジャラと派手なネックレスをした男が、携帯電話で話している。

（……どこだ、ここ？　俺、何でこんなとこにっ……？）

美里は、どうやらコンクリートの床の上に直に横たわっているようだった。しかも口をガムテープで塞がれ、両腕を後ろ手に縛られている。こんな目に遭《あ》う理由が全く分からなくて、背中に冷たい汗が滲む。

「ああっ？　ふざけんじゃねえよっ。そこら一帯は俺らのシマなんだ。俺らに挨拶《あいさつ》もなしに、店なんぞ出せると思ってんのかっ。ヤクザなめんなッ」

男が言って、足元に積んであった建設資材のようなものを蹴飛ばす。男がヤクザだと分かった上に、派手な金属音が建物の中に響き渡ったから、思わずビクっと震えてしまった。

男がこちらを見て、せせら笑うような顔をする。

「おっと、いけねえ。おたくの大事な坊ちゃんをビビらせちまったみてえだぜ。あんまり俺を怒らすなよぉ、堂本さん」

そう言って男が、ドスの利いた声で続ける。

「とにかくよ、一度ちゃんと会って話をしようや。今からさっき言った倉庫へ来い。もちろん一人でだ。でないと坊ちゃんが痛い目見るぜ？　じゃあな！」

楽しげに言って、男が通話を切る。もう片方の小柄なほうの男が、ため息をつきながら声をかける。

「野郎なかなかしぶといですね、アニキ」

「クソ、俺らが新興組織だと思ってなめてやがんだよ。でもまあいい。こいつはグループの跡取りだからな。こいつさえ押さえときゃ、ちゃんと言うこと聞くだろうよ」

男が上機嫌で言って、小柄な男に笑いかける。何となく状況が見えてきた。

（……けど、こいつら俺のこと、透と間違えてっぞ……？）

確かに年や背格好は似ているかもしれないが、そのミスはあまりにも致命的だろう。それに今時自らヤクザだと公言するなんて、ちょっと軽率《けいそつ》じゃないのか。そうやって脅しただけで、軽く暴対法に引っかかる世の中だというのに。

（てことは、こいつらホンモノのヤクザじゃないのか？　もしかして例の、ギャングとかっ……？）

店でリカちゃんが話していたことを思い出して、ゾクッと背筋が震える。そういう輩《やから》は既存《きぞん》の暴力団組織とは一線を画《かく》すが、統制が利かないぶんリミッターも外れていたりするから、何をされるか分からない怖さがあるのだ。

なるべく怒らせないようにしなければと思いながら、まだ薬品が効いてるふりをしてそのまま黙って男たちの様子を窺《うかが》っていると、しばらくして倉庫の外から声が聞こえてきた。

「……っ、放せっ！　汚い手で触るな！」

「うるせえッ！　大人しくしてろクソガキがっ」

乱暴に倉庫の扉が開いて入ってきたのは、男たちの仲間らしい恰幅《かっぷく》のいい男だ。その男が引きずるようにして連れてきたのが透だったから、驚いて目を見開いてしまう。

恰幅のいい男が、呆れたみたいに言う。

「おい、おまえら何やってんだ？　こいつが『天海透』だろ？　そいつ誰だよ？」

「はっ？　何だよ、こいつ坊ちゃんじゃねえの？　んだてめえ、誰だコラァ！」

訊かれても、口にガムテープを貼られていて声が出せない。透がこちらに気づいて、驚いた声で言う。

「み、美紗斗さん……！　何故こんなところに！」

おまえと間違えて連れてこられたんだと叫びたかったけれど、それも言えない。ネックレスをした男が、へらへらと笑って言う。

「何だよ、ホントに別人かよ。信じられねえな！　でも、まあいいか。そいつたぶって締め上げりゃ、堂本サンも言うこと聞くだろうしなあ」

差し向けられた恐ろしい言葉にも、透は嫌悪の目を向けただけだ。もしかして事態を把握できていないのだろうか。

透が冷たい声で言う。

「失礼、状況が全く見えないのですが。あなた方は一体誰なのですか？　何故僕や彼を、こんな薄汚い場所へ連れてきたのですか？」

透が発した言葉に、男たちばかりか美里まで一瞬ぽかんとなってしまう。ネックレスの男が、ヒュ一ッと口笛を吹いて笑う。

「ひゃははは！　さっすが御曹司は違うなあ！　薄汚い場所だとさあ！」

「坊ちゃんが気になるとこはそこですかあ！　やっぱ金持ちは違うねえ！」

男たちが口々に言って、下卑《げび》た笑いを洩らす。透が眉根を寄せて更に言う。

「質問に答えて下さい。事と次第によっては、ただではすまないですよ！」

そんなことを言うから、男たちはますます笑い転げる。全く会話が噛み合っていない。さすがの透も、こういう事態に対処する方法までは学んでいないらしい。

(にしても、このままじゃやべえよな……)

こんな事態は初めてだったが、美里も歌舞伎町で働く身だ。ヤクザとの小さなトラブルくらいなら一応経験したことがある。ここの連中が晃をいいなりにしようとしているからには、今すぐどうこうされるということはないのだろうが、それなりに身の危険が迫っていることは間違いない。

とにかくこの場を何とか穏便《おんびん》に乗り切らなければ。

そう思い、美里はこちらに注意を向けるべくモゴモゴともがいた。

するとネックレスの男がやってきて、美里の前に屈んだ。口からバリっとガムテープを剝《は》がされ、痛みに呻《うめ》く美里に、男が低く訊いてくる。

「おい。てめえはホントに天海透じゃないんだな？　あっちが本物か？」

「え……。あ、あの、えーと……」

　ＹＥＳと答えるべきか。それとももしかして、ここはＮＯと言ったほうがいいだろうか。

　一瞬考えて口ごもった途端、透が呆れたみたいな声で言った。

「……は？　もしかして、彼を僕と間違えたんですか？　あり得ないですね全く。僕をあんな軽薄な人と間違えるなんて！」

　透の言葉に目を丸くする。この状況で一体どんなキレ方だ。嘲《あざけ》るみたいな口調で、透が続ける。

「誘拐《ゆうかい》する対象も分からないくせに誰かを脅そうとするなんて、あなたたちは所詮《しょせん》街のチンピラですね。出直してきたほうがいいんじゃないですか？」

「何だとコラアっ！」

（あンの、バカ……！）

　こんな不利な状況で、わざわざ相手を刺激するようなことを言うなんてどうかしてる。

　案の定、ネックレスの男が苛立たしげに立ち上がって、ギロリと透を睨みつけた。

「おいおい、坊ちゃんよお。口のきき方に気をつけろや。痛い目見てえのかあ？」

　男が言って、建設資材のほうへと歩いていく。そこから鉄パイプを拾い上げ、透に近づいてパイプの先で透の顎を持ち上げたから、ヒヤリとしてしまった。

けれど透は何も答えず、じっと男を睨み返しただけだ。随分胆《きも》が据《す》わっているようだが、殴られる恐怖とかは感じないのだろうか。

（……あっ……、あいつ……！）

よく見たら、透の膝はガクガクと震えている。どうやら虚勢を張っているだけみたいだ。どんなに頭が切れても、御曹司でも、所詮透は世慣れぬ学生にすぎないのだ。だったら、やはり自分が守ってやらなければ。『セブンスヘブン』のナンバーワンホストの名にかけて――。

そう思い、どうしようかと一瞬で考えてから、美里は絞り出すように叫んだ。

「おい、待てよあんたらッ！　そいつは天海透じゃない！　俺をかばおうとしてるだけだ！　俺に憧れてホスト目指してる、ただの学生だよっ」

美里の言葉に、今度は透が目を丸くする。男たちが怪訝そうな顔でこちらを見る。

「はあっ？　憧れてるだあ？」

「俺は『セブンスヘブン』のナンバーワンホスト、美紗斗だ！　あんたらも本物のヤクザなら、カタギさんに手を出すなよっ！　いたぶるなら俺だけにしろッ！」

啖呵《たんか》を切るようにそう言うと、小柄な男が思い出したように声を出した。

「ああ！　そういやその顔、窓割りに行ったときに店の前の写真で見たな！　確かに美紗斗って書いてありましたぜ、アニキ！」

「おいおいマジかよっ、凄えじゃねえか！　飛んで火に入る何とかってのは、こういうことだな！」

ネックレスの男が言って、嬉しそうに振り返り、鉄パイプを持ったままこちらへやってくる。とっさに腹をかばうように膝を曲げ、身を強張らせたけれど、靴底で肩を蹴られて上向《うわむ》かされ、腹を踏みつけられて呻き声を上げてしまう。

男が嗜虐的《しぎゃくてき》な声で笑う。

「へへ……、ナンバーワンホストか。甘っちょろい顔してやがんなあ。この顔で女だまくらかしてんのかよ、あぁん？」

そう言って男が、鉄パイプの先で美里の頬をついっと撫でてくる。

「ぬるいこと続けてるより、てめえ潰したほうがよっぽどインパクトがあるってもんだ。俺らなめたらどうなるか、思い知らせてやるぜ！」

男が言って、鉄パイプを大きく振り上げたから、目を閉じて顔を背けた。殴打《おうだ》される衝撃に耐えようと、きつく歯を食いしばった瞬間――――。

「そこまでにしてもらいましょうか！」

鋭く響いたテノールの声に、男が動きを止める。

こわごわ瞼を開き、倉庫のドアのほうを振り返ると、そこには晃と蒲田が立っていた。

それを見て気が抜けたのか、透がガクリと膝から崩れ落ちる。

晃がこちらを向いて言う。

「やはり、連れ去られたのは美里さんだったんですね？　最初透とは連絡がついたのに、あなたとは全然電話が通じないからおかしいと思ったんです。無事で、よかったです」

「晃……」

心から安堵したような晃の声音に、助けに来てくれたんだと嬉しい気持ちになる。

でも、そのせいでこんな連中のいいなりになるなんて、店にとってはとんでもないマイナスだろう。ちらりとネックレスの男を見やると、男は美里の腹から足をどけ、威嚇《いかく》するように鉄パイプを肩に担《かつ》いで晃をねめつけた。

「よお、案外早かったじゃねえか堂本さん。つうか、一人で来いって言わなかったか？」

「あなた方もうちの人間を二人も連れ去ったのですから、おあいこでしょう？　それに彼をあなた方に紹介しておいたほうが、話が早いのではないかと思いましたのでね」

晃が険しい声で言って、蒲田のほうを見る。男が怪訝そうに蒲田を見やる。

「あん？　そいつが何モンだって言うんだ」

「彼は『セブンスヘブン』で長年店長を務めて下さっている、蒲田さんです。すみませんが蒲田さん、お願いしてもいいですか？」

晃がそう言うと、蒲田がやおら上着を脱いで、シャツのボタンを外し始めた。一体何をするつもりなんだろう。

ややあってシャツの下から現れたのは、予想外に筋骨隆々《きんこつりゅうりゅう》で鍛え上げられた上半身だ。場違いだとは思いつつも、何となく感嘆の念を抱きながらその体を見ていると、蒲田がくるりと体を返して、その大きく逞《たくま》しい背中をこちらに向けた。

「うわっ、マジかよっ……！」

背中に浮かぶ見事な和彫《わぼ》りの刺青《いれずみ》に、知らず声を上げてしまう。男たちや透までもが息をのんだその刺青は龍。それも二頭の龍だ。

ネックレスの男が震える声で言う。

「お、おい……。ま、まさかあんた、双龍会《そうりゅうかい》の……？」

「正解です。よく分かりましたね。そしてこれは、陰陽極彩《いんようごくさい》の巴龍図《ともえりゅうず》と呼ばれる図案です。これが誰にでも背負えるものではない意匠《いしょう》だということも、もしかしてご存じかな？」

関東ではかなり名の知れた広域暴力団、双龍会。

その構成員の中には、その名の通り二頭の龍をあしらった刺青を彫る者も多いが、本家の構成員で、なおかつ組長の特別な許しを得た幹部以外彫ることを許されていない図案があるらしい、という話は、美里も噂で聞いていた。晃が言っているのはたぶんそのことだろう。

そしてそれはつまり、ヘブン＆シー・グループのバックには双龍会本家がついているんだという、文字通りの意味になるわけで――。

(……つーか、マジであり得ねえしっ！)

前からその筋の人みたいな容貌だと噂されていた蒲田だが、まさか筋金入りの本物だとは思わなかった。透が唖然とした顔をしているところをみると、彼もこのことは今初めて知ったのだろう。晃がわざとらしく残念そうな顔を作って言う。

「まあ、そんな事情です。大変お心苦しいのですが、我が社はあなた方と取引することはできません。このまま速《すみ》やかに私どもの前から消えて下さるのでしたら、今回の件は全て水に流して差し上げることもできるのですが、でもそれでもどうしてもと、そうおっしゃるのでしたら――――」

「い、言わねえよッ！　あ、ああ、い、いや、言いませんっ、そんなこと、金輪際言いませんからっ！」

ネックレスの男があわあわと言って、仲間の男たちに命令する。

「おいっ、おまえら行くぞ、早く来いっ」

「わ、わっかりました、アニキっ」

「おーい、待ってくれよおっ！」

男たちが口々に言い合いながら、転がるように倉庫を出ていく。

どうやら完全に勝負あったみたいだ。彼らが車に乗り込み、遠くへ走り去ってしまったことを確認してから、晃がこちらへ駆け寄ってきた。

「大丈夫ですか、美里さん？」

「あ、ああ、うん、何とか」

「よかった。来るのが遅くなってしまってすみませんでした。今解いてあげますからね」

そう言って美里の腕を括《くく》っている縄《なわ》を解き、晃がおかしそうに言う。

「ふふ、それにしても、新興組織とはいえ本当にろくでもないチンピラ連中でしたねえ。あんなハッタリで本当に逃げ出すなんて」

「えっ？」

「刺青は本物ですが、蒲田さんはもう完全に引退されてるんですよ。まあもちろん、この業界にいる限りその筋の方とのお付き合いが皆無《かいむ》とはいかないですが。今まで店のガラス窓を割られる程度で済んでいたのも、一応はそのおかげですしね」

晃が困ったように言って、あいまいに微笑む。もしかして、透が美里は守られていると言ったのはそういう意味だったのだろうか。

でも今日はもう、何か考えるには疲れすぎていた。黙って上体を起こし、晃に大丈夫だと頷いてみせると、晃は小さく微笑んで、それから透を振り返った。

その口から、いつになく厳しい声が飛び出す。

「透。セキュリティーの万全な自宅から、今夜は決して出ぬようにと命じておいたのに、こうして彼らに拉致《らち》されてしまったのは何故なのです。分かるように説明しなさい」

「……そ、それは……。電話をもらって、兄さんのところへ駆けつけようと……」

「来れば何かできるとでも思ったのですか？　全くとんでもないうぬぼれ屋ですね、きみは」

晃が呆れたような声で言って、小さくため息をつく。

「きみに店舗経営の才覚があることは認めましょう。でも夜の世界はそんなに甘くはないんです。今回の件で、それがよく分かったでしょう？」

「で、でも、兄さん……！」

「実際きみに何ができました。チンピラを怒らせただけじゃありませんか。美里さんがかばってくれなかったら、今頃前歯の二、三本も折られていたところですよ？　いささかビックグマウス気味なのが直るなら、それもいいかもしれませんがね」

辛らつな晃の言葉に、何か言い返そうするみたいに透の口唇が震える。だがついに言葉は出てこないまま、透はガックリとうなだれてしまった。

晃がまた小さくため息をついて、今度は服を着直した蒲田のほうを向いた。

「すみませんでしたね、蒲田さん。こんな茶番に付き合わせてしまって。恐れ入りますが、透を家までお願いできますか」

そう言って晃が、美里の体をお姫様みたいに抱き上げる。そのまま透に、穏やかに言う。

「卒論の調査ももう充分したはずですし、透はそろそろ大学へ戻りなさい。そしてきちんと卒業してから、一社会人としてもう一度戻ってくるんです。焦らなくても、それまでちゃんと待っていますから。分かりましたね？」

問いかけたけれど、晃が透の返事を待つことはなかった。

美里は晃に抱かれたまま、倉庫から連れ出された。


「……ふう。どうやらどこも何ともないようですね。本当によかったですよ」

車で晃の家に着くなり、美里はソファに座らされて晃に体を診《み》られた。蹴られた肩や踏まれた腹、縄で括られていた手首を真剣な目で見ながら、晃が言う。

「でもある意味残念だな。擦《す》り傷一つでも見つけたら、あんな連中全力で潰してやるつもりだったのに」

「い、いや、晃。水に流すっつっといてそれはねえだろ。つうか今日のおまえ、なんか怖えし」

「半端《はんぱ》な跳ねっ返りは徹底的に叩きのめすのが私の主義なもので。とはいえ透には、ちょっときつく言いすぎたかな」

晃が言って、薄く笑う。

「透は複雑な生い立ちのせいで、ちょっと屈折《くっせつ》していまして……。人前ではいつも緊張していて、心を開いていない相手には尊大で挑発的な物言いばかりします。けど、本当は繊《せん》細《さい》で傷つきやすい子なんですよ？　自分の不注意で拉致されたことも含めて、ショックを受けていないといいんですけど。何だかちょっと心配です」

晃の言葉に、複雑な気分になる。何も話を知らされずいきなり拉致られたこちらだって充分ショックを受けているし、そもそも透を傍に置いていたのは、晃自身だろうに。

（……何だよ、透のことばっか心配しちゃって……！）

いろいろ総合してみると、そんなこともなかったのかなと、平静なときなら思ったかもしれない。でも今は身も心も疲れていて、気持ちがささくれ立っていた。

沸《わ》き上がってくる苛立ちを抑えられぬまま、美里は晃に言葉をぶつけていた。

「……ふーん、なるほどな。つまりおまえら似た者同士だってわけか。こいつら好き合ってるんじゃないかって思ったのも、ある意味正しかったのかもな」

「は……？」

「複雑な生い立ちのせいで屈折してて、他人には尊大で挑発的？　それっておまえにそっくりじゃん。もしかしてインテリってのはみんなそんなで、慰《なぐさ》め合って生きてんのか？　だから俺は蚊帳《かや》の外だったのかよ？」

「美里、さん……？」

急にキレ始めた美里に、晃が当惑したような顔をする。でももう、止めることはできない。思いの全てを曝《さら》け出すように、美里は続けた。

「チンピラと揉めてるって話も何もかも、あいつには話してさ。俺が拉致られなかったら、俺の知らないところで解決する気だったんだろ？　俺に話してもくれなかったのは、ホスト風情の俺なんか信頼できねえって、そう思ってるからじゃないのか。インテリ同士あいつのほうがずっと信頼できるって、ホントはそう思ってるからじゃないのかよっ？」

「み、美里さん……？　ちょっとそんな、どうしたんですか、急に？」

「つーかさ、何がショックを受けてないか心配だよ！　今更そんな心配すんなら、最初から傍に置くなよ！　もうどっか閉じ込めて、大事にしまっときゃいいんだっ！　俺の前、うろうろさせんじゃねえよっ……！」

まるで溜まっていたマグマが噴き出すみたいに、次々出てくる刺々《とげとげ》しい言葉。

それは今まで、思っていたけれど言えなかった言葉だ。話しているうちに何だかまなじりが潤んできて、最後には声が震えてしまった。

晃が目を丸くして、なだめるみたいに言う。

「……美里さん、落ち着いて。どうしてそんなに怒ってるんです？　私があなたを信頼してないなんて、そんなことあるわけがないでしょうっ？」

そう言って晃が、すまなそうな声で続ける。

「今回の件をあなたに話さなかったのは、従業員を守って気持ちよく働いてもらうのが社長である私の務めだと、そう思っていたからです。透には、そんな話をすれば警戒してあまり深入りしてこないだろうと思って……。でも、参ったな。結局どちらも裏目に出てしまったみたいですね。あなたがそこまで透を意識していたなんて、全然気づきませんでしたよ。本当にすみませんでした……」

晃の口からそう言われて、いたたまれない気持ちになる。意識していることを知られるのが恥ずかしかったからこそ、こっちもずっと黙っていたのに。

それには全く気づいていない様子で、晃が訊いてくる。

「でも、どうして素直に思っていることを言ってくれなかったんです？　話してくれてたら、私だって……」

「できっかよ、そんなみっともねえことっ！」

「みっともない？」

「お、俺はなっ！　俺はいつだって、どんなことでだって、おまえの一番でいてぇんだっ！　そんなことばっか考えてんの、マジでガキみてえだって自分でも思うけどさっ、でも恋人なら、それくらい分かれっつーの！　俺に寂しいとか、思わせてんじゃねえっ！」

胸を焼く嫉妬やどうにも拭いようのないコンプレックス。そしてその裏返しみたいな、幼稚《ようち》な負けん気と甘え――――。

こんなことを言ったら、晃に嫌われたり呆れられたりするんじゃないかと無意識に思って、口に出せずに心に溜まっていたたくさんの感情の波。

それを全部吐き出すように、半ベソをかきながらそう言ったら、もうそれ以上何も言えなかった。自分が本当にみっともなく思えて、嗚咽《おえつ》が止まらなくなる。きっと晃は呆れてしまっただろうと、情けない気持ちになってくる。

けれど晃は、ただ納得したように小さく頷いただけだった。

その顔に、穏やかな笑みが浮かぶ。

「……もう。あなたって人は、本当におバカさんですね。一人きりで、そんなことをずうっと思い悩んでいたんですか？　だから店に来たときも、様子が変だったんですね？」

そう言って晃が、美里の背中に腕を回してくる。泣き顔を見られたくなくて、いやいやをするように体を捩ったけれど、晃に優しく体を抱き寄せられた。

美里の髪を撫でながら、晃が諭《さと》すような声音で言う。

「ねえ、美里さん。心配しなくても、あなたはいつでも私のナンバーワンですよ？　というか、むしろオンリーワンと言ったほうがいいのかな」

「オンリー、ワン……？」

「恋人としてもお仕事をする上でも、私が心を預けられるのはあなただけなんです。心から信頼しているのも、あなた一人だけ……。もっとあなたにそれを分かってもらって、安心してもらえるように、ちゃんと言葉で伝えるべきでしたね」

晃が言って、美里の頭に口づける。

「寂しい思いをさせてしまってごめんなさいね、美里さん。でも私には本当にあなただけですから。あなたが言ったように、いつだって、どんなことでだってね」

そう言って、晃が顔を覗き込んできたから、涙でぐちゃぐちゃになった顔を上げて晃を見つめた。

その目に確かな信頼を見出して、心が甘く潤む。キスが欲しくて目を閉じると、晃が優しく口唇を重ねてきた。

蕩けるような、甘いキス。

想いを確かめ、ゆっくりと口唇を離すと、何だかもうどうしようもなく晃がいとおしくなって、体にギュッと抱きついてしまった。恋人に思っていたことを話し、受けとめてもらえた嬉しさに、ただただ涙が溢れてくる。

「う、ん……、俺、も……。俺も、晃だけ……」

ちょっと甘えた声でそう言うと、晃が安堵したみたいにため息をついた。そのまま優しく美里の背中を抱きながら、静かに言う。

「そう言ってくれて嬉しいですよ、美里さん。もうこれからは、一人で悩んだりなんかしないで下さいね？　……ところで、一つ訊いてもいいですか？」

「……ン？」

『『こいつら好き合ってるんじゃないかと思った』って……、それは一体どういうことです？」

「え……、と、それは、そのっ！」

急に訊かれて動揺してしまう。冷静に振り返ってみれば、あれほどおバカな妄想もないだろう。恥ずかしさに頬を染めた美里に、晃が呆れたような顔をする。

「美里さん……。あなたまさか、透と私の仲を疑ったんじゃないでしょうね？　義理の兄弟である、私たちの仲を？」

「え！　えーとぉ、疑ったつうか、あの～」

「……全く、信じられませんね、そんな妄想をするなんて。というか、一瞬でも浮気心を疑われたなんて、本当に心外だとしか言いようがありません。そこはもう信頼うんぬん以前の問題ですよ？」

「あ、いやっ、晃！　俺別に、本気で疑ったわけじゃっ……！　わ、わあ！」

いきなりソファの上に押し倒されたから、驚いて悲鳴を上げる。美里の体を押さえ込むみたいに圧し掛かって、晃が低く囁く。

「ここはちょっと話し合う必要がありそうですね、美里さん。もちろんおしゃべりではなく、ボディーランゲージでですけど」

「え、ええっ？」

「二度と愛情を疑われたりしないように、私が今から徹底的にあなたへの愛を語って差し上げます。覚悟はいいですか？」

熱っぽい晃の言葉に、ドキドキしてしまう。濃厚に愛される予感に軽い戦慄《せんりつ》を覚えながら、美里は晃のキスを受けとめていた。


「……んぁ、あっ……！」

後ろを貫く晃の雄が、中でピクンと脈打った感触に、美里の喉から甘い声が洩れる。背後から、揶揄《やゆ》するような晃の声が届く。

「随分と敏感ですね、美里さん。動いてもいないのにそんな声を出して。あなたはなんていやらしいんでしょうね？」

「んん、うる、せっ！」

「おや、下のお口がキュウッと締まりましたよ？　美里さんてもしかして、結構言葉責めされるのが好きなんじゃないですか？」

晃が嬉しそうに言って、美里の耳朶に口唇を寄せてくる。

「それに、焦れたりヤキモチを焼いたりすると物凄く気持ちが昂《たか》ぶって、体がとても淫らなことになってしまう。ほら、分かるでしょう？　ここがどんなに可愛いことになっているか」

「あん、やっ、触ん、な」

楔《くさび》をのみ込んではしたなく捲《めく》れ上がった外襞《そとひだ》を、晃自身に沿って指でくるりとなぞられて、また後ろがキュウッと締まってしまう。晃が小さく呻いて言う。

「おやおや、そんなに物欲しげに締めつけて。はしたないですよ？　前だってこんなに嬉し涙を流してる。美味しそうだから、ちょっと味わってみましょうか」

「な、ちょっ、よせ、て！」

淫猥な声音に赤面していると、晃が美里の欲望を伝う透明液を、指先でぬるりとすくい上げた。美里の耳元でその指をちゅっと舐《ねぶ》って、晃が囁く
「ふふ、青い味がしますね。本当に美里さんは、エッチなんだから」

「んッ、もぉ、どっち、がっ……！」

からかうみたいな言葉に、クラクラしてしまう。

徹底的に愛を語る、なんて言っておきながら、晃はさっきから美里を背面座位の体位で繋いだままほとんど動かず、美里を言葉責めして愉しんでいる。

晃自身に奥まで深々と貫かれているこちらは、ほんのちょっとした刺激だけで逃れようもなく感じさせられてしまうし、何だかじわじわともてあそばれているみたいで、身も心もグズグズになってしまいそうだ。

たまらず目を閉じると、晃が首筋にチュッと吸いついてきた。それからうっとりした声で言う。

「ああ、本当に可愛いな、あなたは。心も体も感じやすくて、素直で真っ直ぐで。私には、何だかちょっと眩《まぶ》しいくらいですよ」

「え……、眩し、い？」

「あなたには私にはない純粋さがあって、いつでも強いバイタリティーみたいなものに満ちている。それはホストの仕事をしていても、こうして抱き合っていても感じます。私はいつでも感じさせられてるんですよ？　あなたには敵わないな、って」

「晃……」

「たぶんだからこそ、私はあなたを好きになったんです。あなたが無意識に透に感じていたように、私だってあなたにコンプレックスを感じてるんだって言ったら、信じます？」

何やらすねたような晃の言葉に、驚いてしまう。晃がそんなふうに思っていたなんて知らなかった。

「あなたが好きだから、あなたが欲しくて。だからチャンスを活かすみたいにして抱いて、今ではこうして恋人にまでなれて……。あんまり嬉しかったから、私は舞い上がって、この関係に甘えてしまっていたんでしょうね。結果あなたを寂しい気持ちにさせて、泣かせてしまった。私は自分が情けないですよ」

晃が言って、ギュッと美里の体を抱き締める。

「……愛していますよ、美里さん。私はいつでもあなたの全てを理解していたいし、あなたと全てを分かち合っていたい。喜びも、苦しみも、何もかもを……。だってあなたは、私のただ一人の恋人なのですから。ただ一人の、パートナーなのですから」

「あき、ら……」

晃にそう言ってもらえるなんて、泣きそうなほど嬉しい。卑屈《ひくつ》な感情がみんな洗い流されて、ただ愛《いと》しさだけがこの胸に残る。

ただ一人の恋人。ただ一人のパートナー。

むやみに誰かと競い合い、一番を奪い合うことが馬鹿げて思えるほど、それは強く確かな愛の言葉だ。

だけどどうして、晃はそんなにも揺るぎなくいられるのだろう。こちらはこんなにも呆気なく心が揺れ動いてしまうというのに。やはり自分は、恋愛に慣れていないのだろうか――。

「ふふ。美里さん、まだ何となく不安なんでしょう」

「い、いや、別にそういうんじゃ、ないけど」

「いいんですよ、否定しなくても。あなたのそういう嘘のないところが、私は大好きなんですから。それに不安だからこそ、人はこうして体を重ねて愛を確かめ合うんじゃないですか」

晃が言って、耳元で静かに囁く。

「不安じゃなくなるまで、私が何度だって愛してあげますよ。私の想いをあなたの体にたっぷりと注ぎ込んでね。寂しさなんて感じなくなるくらいまで、あなたを私で満たしてあげますから……」

どこか昏い情熱のこもった声でそう言うなり、晃が繋がったまま美里の体ごとくるりと身を返したから、ヒッと声を上げてしまった。ソファの上に膝立ちにさせられ、背もたれに上体を預けさせられて、激しく突かれる予感に背筋がビクビクと震える。

美里の双丘を上向けるように両手でつかんで、晃が激しく腰を進め始める。

「ふあっ、ああぁっ、はあああっ……！」

ズンズンと躊躇なく最奥を貫かれ、体を大きく揺さぶられる。晃の下腹部が双丘に打ちつけられるたび、ピシャッと叩かれたような音がするほどの激しい抽挿だ。ぐらぐらと視界が歪《ゆが》んで、口の端からはだらしなく唾液が滴る。

「あふ、はああっ、いぃっ、晃っ、気持ち、いッ……！」

散々焦らされたあとだけに、快感が鮮烈すぎてもう何も考えられない。晃のストロークを一番感じる場所で受けとめようと腰がひとりでに振れ、深くまで彼を咥え込んでいく。

すでに熟《う》れきっている結合部からぬちゅぬちゅと濡れた音が立ち始めると、絶頂まではひと息だった。晃をキリキリと絞り上げながら、美里が頂きを極める。

「ひう、ぅっ、はあっ、あぁぁっ……！」

放埓に収縮する内壁を晃に激しく擦り立てられ、脳髄がスパークするような快感に腰がビクビクと躍る。そのたびに、美里の先端から溢れ出した白蜜がソファの上にまき散らされる。

青い匂いにめまいを覚えた瞬間、晃が美里の最奥で動きを止め、灼熱《しゃくねつ》を解き放った。

「……ぁ、んっ、熱、ぃ……」

腹の奥に感じる、晃の熱いほとばしり。放出のたび、晃の幹が中でビンと大きく脈打つ。その刺激に反応するように、内襞がざわりと震え動き、浅ましく晃に吸いついていく。

「あぁ、晃っ……、晃……！」

互いが溶け合うような感覚に、もはや思考など消え失せてしまう。もっと晃が欲しくて、身悶えしてしまいそうだ。

尽きぬ欲情に震えながら、美里は晃を振り返って哀願の声を発していた。

「……もっと、あき、らっ……。もっとッ、欲、し……！」

回らぬ舌でそう言って、よすがを求めるように晃に手を伸ばす。

晃が美里に身を寄せて、愉悦の笑みを洩らす。

「いいですよ、美里さん。もっともっと結び合いましょう。もっと熱く、もっと淫らに。

そうして体で感じ合うんです。お互いがお互いの、オンリーワンだということをね」

そう言って晃が、また腰を使い始める。追いすがるように、美里も腰を揺らす。

「あ、晃っ、あき、らッ……！」

「美里さん……、美里……！」

――俺にも、おまえだけ。

心の底からそう思いながら、美里は再びの律動に身を任せた。

互いの名を呼び合う声は、心をも覆い尽くす甘美な愛の調べのようだった。


そんなふうにして心ゆくまで抱き合い、ほとんど気絶するみたいに眠った翌日。

目覚まし時計の針の向きを確認して、美里はうなだれていた。

「うう、三時半とか……。あり得ねえし！」

陽菜の見舞いに行くから昼前には起きようと言い合っていたのに、たぶんまた晃が止めたのだ。ベッドにはいないところを見ると、自分はさっさと起き出しているのだろう。憤慨しながらリビングのほうへ行くと、晃はソファで新聞を読んでいた。

「おはようございます、美里さん」

「おはようじゃねえしっ！　つーか今日は見舞いに行くっつっただろ！　何で目覚まし止

めてんだよ！」

「まあまあ。それに免じて許して下さいな」

「え……？」

ローテーブルの上に、見慣れた携帯が置いてある。

拉致されたときに道の側溝に落としてしまった美里の携帯だ。きっともう取り戻せないだろうと、諦めようとしていたのに。

「もしかして、取りに行ってくれたのかっ……？」

「ええ、午前中にね。バールで無理やりこじ開けていたせいで職質を食らってしまいましたけど、透も手伝ってくれたので、何とか」

「え、透も？」

「はい。大事な商売道具を落とすなんて呆れますね、とか何とか憎まれ口を叩いてましたけど、ああ見えて透も、美里さんのことは認めたみたいですよ？」

そう言って晃が、ニコリと微笑む。

「そうそう、さっき陽菜さんにお電話をしておきました。ちょっと遅れますが、今日は必ず行きますと」

「え、ホントに？」

「はい。バイオリンを聴きたいというお話だったので、木村先生とも相談して、今日の夕方、小児病棟の子供たちみんなに聞かせてあげようという話になりまして。そろそろ出かける支度をしましょうか？」

「晃……」

そこまでしてくれるなんて嬉しいけれど、透が言っていたみたいに、ちょっと晃の厚意に甘えすぎてるんじゃないかと気になってくる。美里はためらいながら訊いた。

「あ、晃、あのさ。俺と陽菜のためにいろいろしてくれるの、凄く嬉しいんだけど、でもなんかちょっと、申し訳ないっていうか……」

「そんなこと気にしないで下さい。私がしたくてしていることですから。それに陽菜さんは、私にとっては小姑《こじゅうと》ですから。誰よりも大切にしないと」

「なっ……、は、ははは、ちょ、小姑って……！」

古風な言い方が何だかおかしくて、声を立てて笑うと、晃は大真面目な顔で言葉を返してきた。

「何故笑うんです？　私はずっとそう思っていましたよ？　だから、どこかでちゃんと頭を下げてお願いしようと思ってます。『お兄さんを僕に下さい』とね」

「は、はあっ？」

その様をリアルに想像して、絶句してしまう。いくら何でもそれはあまりに滑稽《こっけい》すぎる光景だ。陽菜がキョトンとしている顔が目に浮かぶようじゃないか。

自分との将来を、晃がずっと先まで考えてくれているんだと思えば、もちろん凄く嬉しい気分ではあるけれど。

（……つーかでも、それじゃ何だか俺、『嫁《よめ》』って感じじゃねーか？）

納得いかねえ――――。

いつもの負けん気で何となくそんなことを思ってしまい、美里は剣呑《けんのん》に言った。

「……晃。そういうことなら俺、おまえのこと尻に敷くからな？」

「え？」

「毎日愛してるって言わなきゃ許さねえし、おはようといってらっしゃいとおやすみのキスはもちろん必須だ。何かあったら陽菜に言いつけて、おまえのことビシビシ叱ってもらう。そんでもし浮気なんかしやがったら、アソコをちょん切ってやるからな。分かってんだろうなー？」

コテコテの鬼嫁を想像しながら、脅すみたいにそう言ったら、晃が一瞬狐《きつね》につままれたような顔をした。

それからその顔に、心底幸福そうな笑顔が浮かぶ。

「……美里さん……。そこまで、私のことを？」

「はっ？」

「嬉しい……。嬉しいですよ、美里さん！」

「え、なっ、ちょッ、やめろ、て！」

冗談を言っただけなのに、晃は真に受けたみたいだ。背骨が折れそうなほどの力で抱き締められて、慌てて逃れようともがく。

けれどもちろん、自ら煽っておいてそんなことができるはずもなく、顔中にちゅうちゅうとキスの雨を降らされた。最後に耳朶にキスを落として、晃が甘く囁く。

「一生大切にしますよ、美里さん。ずうっと私の傍に、いて下さいね？」

まるでプロポーズみたいな言葉に、かあっと頬が染まってしまう。

返事をする代わりに、美里はその顔を晃のほうへ向けて、晃の首に腕を回した。

目を閉じて受けとめた晃の口唇は、深い情愛の熱を帯びていた。

あとがき

こんにちは、真宮藍璃《まみやあいり》です。「愛玩ホスト～No.1の代償～」をお手に取って頂きありがとうございます！

本作は花丸さんからの三冊目の文庫、そして初めての花丸文庫ＢＬＡＣＫからの刊行です。ＢＬＡＣＫでというお話を頂いたときには、おお！　ついに私も黒デビュー！　などと思ったのですが、基本的に甘々《あまあま》なお話が多い私のこと、いろいろと安心の作りとなっておりますので、まずはお気軽にお楽しみ頂けたらと思っております！

そんな本作の受けは、担当様いわく「太陽みたいな子」。前々から、勝気で強気で少々のことではへこたれない元気な受けっていいよな～、と思いつつ、なかなか書く機会がなかったタイプの子で、今回このような形で世に出すことができて、とても嬉しいです。

そして攻めのほうは、これまた大好きなインテリ敬語さんです。今回のインテリ敬語さんは気真面目系やプライド高い系ではなく、にこやかな策略《さくりゃく》家《か》系。

物腰は慇懃《いんぎん》だけれど、ターゲットをロックオンしたら絶対逃さない執着タイプの人、という感じでしょうか。ロックオンされた受け・美里《みさと》がどう攻略されていくか、その辺りぜひご注目下さい。

さて、この場を借りましてお礼を。

挿絵を描いて下さった石田要《いしだかなめ》先生。お忙しい中お引き受け下さいましてありがとうございます。石田先生のパワフルな作風そのままの大胆な構図、そしてパッション溢《あふ》れる筆致《ひっち》に、ラフ段階からとにかくワクワクし通しです！　新刊帯を剝《は》がすのがとにかく楽しみなカバーイラストも、とても艶《つや》っぽくて素敵です！　本当にありがとうございました。

担当のＳ様。いつもご指導頂きありがとうございます。今回は続編が迷走してしまいましたが、何とかここまで来られてほっとしております。今後ともよろしくお願い致します。

そして今一度、この本を手に取って下さった読者様に篤《あつ》く御礼申し上げます。

ご意見ご感想等、お待ちしております！

二〇一二年仲秋　真宮藍璃

作家・イラストレーターの先生方へのファンレター・感想・ご意見などは
〒101-0063東京都千代田区神田淡路町2-2-2
白泉社花丸編集部気付でお送り下さい。
編集部へのご意見・ご希望などもお待ちしております。
白泉社のホームページはhttp://www.hakusensha.co.jpです。

花丸文庫 BLACK
愛玩ホスト ~No.1の代償~

2012年11月25日　初版発行

著　者　真宮藍璃 ©Airi Mamiya 2012
発行人　藤平 光
発行所　株式会社白泉社
〒101-0063 東京都千代田区神田淡路町2-2-2
電話 03(3526)8070[編集]
電話 03(3526)8010[販売]
電話 03(3526)8020[制作]
印刷・製本　株式会社廣済堂
Printed in Japan　HAKUSENSHA
ISBN978-4-592-85096-0

定価はカバーに表示してあります。